COLLECTION FOLIO

W0402286

Sylvain Tesson

Avec les fées

Gallimard

© Éditions des Équateurs / Humensis, 2024.

Sylvain Tesson est l'auteur d'une vingtaine d'essais et de récits de voyage. Il a notamment publié aux Éditions Gallimard *Une vie à coucher dehors* (Goncourt de la nouvelle 2009), *Dans les forêts de Sibérie* (prix Médicis essai 2011), *Sur les chemins noirs* et *La panthère des neiges* (prix Renaudot 2019).

Mais nous n'avons pas le droit de prendre trop au sérieux le jeu que nous jouons.

Walter Scott, *Ivanhoé.*

Les dieux s'en sont allés et tout ce qui était beau, tout ce qui était noble, ils l'ont emporté avec eux.

Schiller, *Poèmes philosophiques.*

Emplissez-vous de cette certitude : tout ce qui existe, tout, est comme un chant endormi et n'attend que le passage d'un regard assez pur pour se ranimer.

Joë Bousquet, *Lettres à une jeune fille.*

À CVO : Cariatide, Vestale, Odalisque.

N
250 Km
Avec les fées
En voilier à travers les mers celtiques
îles Shetlands
Cap Wrath
îles Orcades
canal calédonien
ÉCOSSE
Cap Malin
Sligo
île de MAN
Connemara
îles d'Aran
IRLANDE
PAYS DE GALLES
Cork
Cap Mizen
CORNOUAILLES
Land's End
Aber Wrach
St Malo
Retour fin de septembre.
Crozon
Pte du Raz
BRETAGNE
Cap Ortegal
Gijon
ASTURIES
Départ au début de juillet en voilier
Cap Finisterre
GALICE
En automobile du Cap Finisterre à Gijon

Avant-propos

L'été commençait quand je partis chercher les fées sur la côte atlantique. Je ne crois pas à leur existence. Aucune fille-libellule ne volette en tutu au-dessus des fontaines. Le monde s'est vidé de ses présences. Au XIIe siècle, les hommes cheminaient au milieu des visions.

Un Belge pâle, Maeterlinck, avait dit : « C'est bien curieux les hommes… Depuis la mort des fées, ils n'y voient plus du tout et ne s'en doutent point. »

Le mot *fée* signifie autre chose. C'est une qualité du réel révélée par une disposition du regard. Il y a une façon d'attraper le monde et d'y déceler le miracle. Le reflet revenu du soleil sur la mer, le froissement du vent dans les feuilles d'un hêtre, le sang sur la neige et la rosée perlant sur une fourrure de bête : là sont les fées.

On regarde le monde avec déférence. Elles apparaissent. Soudain, un signal. La beauté d'une forme éclate. Je donne le nom de fée à ce jaillissement. Bien entendu, si l'on se trouve au bord d'une falaise de l'Ouest, là où le soleil descend sur l'océan amical, fatigué d'en avoir tant vu, les fées ont plus de chance d'apparaître, parce que le paysage est douloureusement vaste et protégé par sa beauté.

Un cordon littoral court de la Galice espagnole jusqu'aux Shetland écossaises, hérissé d'ajoncs, salé d'embruns, surveillé par des mouettes. Elles ricanent de voir la mer s'enrager en contrebas.

Chaque soir le soleil venait mourir au bord de ce balcon. Les historiens débattaient pour savoir si l'on pouvait donner le nom de Celtes aux peuplades qui s'étaient éteintes sur le parapet.

Puisque le jour venait se coucher ici, j'associais ce couloir de l'iode et du granit à la patrie des choses mortes (les plus belles). Les fées avaient dû se réfugier dans ces extrémités, à la pliure de la terre, de la lumière, de la mer.

Les promontoires de Galice, Bretagne, Cornouailles, du pays de Galles, de l'île de Man, de l'Irlande et de l'Écosse dessinaient un arc. Par voie de mer j'allais relier les miettes de ce déchiquetage. Sur cette courbe, on était certain de capter le surgissement du merveilleux.

Un voilier de quinze mètres de long m'attendait au port de Gijón. À bord, deux amis, Arnaud Humann et Benoît Lettéron, préparaient l'appareillage. Nous naviguerions vers le nord, passant en revue les promontoires où de vieilles présences attestaient chaque soir les adieux du soleil.

Puisque la nuit était tombée sur ce monde de machines et de banquiers, je me donnais trois mois pour essayer d'y voir. Je partais. *Avec les fées.*

I

En Espagne

La nuit de veille

J'avais un plan : bivouaquer sur le sol d'un Finisterre, avant de prendre le large. Une nuit de veille, à la fin des terres. Ensuite, je rejoindrais le bord.

J'aime les nuits du départ. On se couche, on rêve, on regrette ce que l'on quitte.

« Je vois des fées partout », avait écrit le poète Paul Fort. Quelle chance ! me disais-je enfant. J'en rêvais, moi aussi. Adulte, j'y renonçai, comprenant que la fée ne se rencontre pas. Elle se convoque, prenant le nom de tout moment où reculent le vacarme des hommes, la bêtise des chiffres.

Je dormis à l'extrême ouest de l'Espagne, en Galice, au Castro de Baroña, sur un éperon de granit avancé dans les flots. Au premier siècle avant Jésus-Christ, des hommes vivaient là, tenant leur poste devant le couchant. Ils étaient venus des profondeurs de l'âge du bronze et de l'Europe centrale. Ils s'étaient établis sur les parapets de l'Occident et maintenus, pendant que les Romains s'occupaient à structurer le territoire. Subsistaient leurs fondations : des cercles sur un replat rocheux. Ici on avait prié le soleil, et forgé des bijoux derrière des remparts. C'était le temps où l'Autre constituait le danger principal.

Je me couchai contre un soutènement, au-dessus du ressac. Il y a deux mille ans, les mêmes vagues résonnaient sur le même granit. La mer ne fatigue pas. Je sentais vibrer l'onde dans mon dos. Qui avait mis en marche la première vague ?

Tout a changé dans ce monde sauf le roulement de la mer, la grandeur du ciel et la chaleur de la lumière sur la peau. L'une des joies de la vie est de capter ces phénomènes éternels. Il y avait les flammes du feu, le chant des oiseaux, le vent dans les avoines, un sourire parfois à travers une mèche de cheveux.

Les motifs de l'Ouest atlantique se trouvaient disposés autour de moi : les granits usés, les fougères, et les ronces qui déchiraient le vent. Il régnait une jeunesse dans cette nature pointue. Parfois le mauve d'une bruyère mettait une préciosité dans la matrice d'iode et de photon. Pendant trois mois, je ne quitterais pas l'héraldique de ce tapis. Vive la mouette et l'ajonc !

La nuit tomba, je restai éveillé jusqu'à deux heures, songeant aux bras blancs de mon amie. Je m'en étais arraché mais j'entendais la mer. Les troubadours du XIIe siècle le savaient : le vent et les vagues convoient le souvenir de la bien-aimée. Conseil aux cœurs brisés : dormir sur les grèves.

Le lendemain un chasseur me réveilla. Il patrouillait contre le talus d'accès du *castro.* Cinq beaux chiens de chasse – des bassets hounds – levaient les alouettes, dérangeaient les barges, coursaient un lièvre éperdu, jappaient, pissaient, furetaient, bave aux joues, queue battante. Oui, vraiment : le meilleur ami de l'homme.

Les promontoires

Pendant deux jours, roulant vers Gijón, je reliai les caps. Noble activité d'aller au bout des terres s'asseoir sur des rochers. D'abord le cap de Nave, vrai Finistère de l'Espagne, puis Ortegal, cap nord de la péninsule où l'Atlantique se dissout dans le golfe de Gascogne, et enfin le cap de la Puntas dans les Asturies avec ses bistres, veinés de quartz. S'arrêter et regarder la mer : première leçon d'un bréviaire du romantisme.

Chassés vers l'ouest au Ve siècle avant le Christ par la poussée ouralo-steppique, les peuples celtes du Danube et des plaines à roseaux s'étaient repliés sur les promontoires. Ici, aux loges de l'océan, ils avaient regardé le soleil mourir. Ils l'avaient prié car on espère toujours le retour de l'éternel. Leurs descendants portaient aujourd'hui des regards pâles : l'iris des yeux s'était délavé. Définition de l'esprit celte : demeurer au bord du vide.

Adorateurs du crépuscule, ces hommes avaient été condamnés à disparaître. D'eux, on ne savait pas grand-chose. Les linguistes prétendaient qu'ils formèrent un peuple uni. Des archéologues reconstituaient les chapitres de leurs circulations en exhibant des torques et des lames de bronze. L'université s'excitait devant des tertres funéraires. Le reste : une construction de littérateurs fascinés par le reflet de la lune sur les marécages. L'enthousiasme romantique trouvait dans l'existence d'un peuple vague, réfugié sur les bords du monde et disparu sous le triple boutoir de l'ordre romain, de l'invasion barbare et du dogme chrétien, un ferment idéal pour ses spéculations. Des Celtes, on parlait beaucoup, on disait tout, on ne savait rien.

Restait un paysage : la mer à la fin de la terre. Vision immémoriale. Des regards l'avaient contemplée il y a trois mille ans.

Au cap de Nave, un chalutier remontait ses filets dans des confettis de mouettes. Au cap Ortegal, le vent giflait si fort la mer que l'Atlantique débordait et forçait le golfe de Gascogne à la saillie. Des troupeaux de lumière fuyaient sur les eaux noires bousillées de rafales. Au cap Asturien, un tracteur labourait les champs, contre la ligne de falaise. Les céréales poussaient devant la mer. On ferait la moisson au-dessus des barques. Le vent se calma et je trouvai un affleurement crevant les ajoncs pour dormir. Le soleil tiédissait le feldspath.

Ces heures devant le golfe de Gascogne, jambes dans le vide, au-dessus du ressac à cinquante mètres en contrebas, m'inspirèrent une « théorie du promontoire ». Certes, elle relevait de la géo-psychologie de comptoir, mais j'aimais ce comptoir : le bord d'une paroi devant la mer, l'exacte trigonométrie de l'iode, du photon et de l'azote, la croisée du poulpe, de l'étoile et de l'araignée.

Le promontoire recèle trois trésors : la promesse, la mémoire, la présence.

On se tient au bout d'un cap de l'Ouest, impatient de ce qui surgira (la promesse), heureux de ce qui se tient dans le dos (la mémoire) et campé sur la falaise (la présence).

Devant, la mer. Le ciel s'y fond. Les hommes appellent « horizon » cette sublimation. On regarde le gaz, on rêve d'aventure. Les oiseaux sont libres, ils crient, ironiques. La mer dit : « Là-bas, au-delà de la vue, une énergie inextinguible alimente mon mouvement dont chaque vague est la preuve. »

Derrière, s'étend le pays avec ses guerres et ses fêtes et tous les êtres qu'on laisse dans le dos. C'est le livre des hommes dont le récit a poussé certains personnages sur le bord de la page, c'est-à-dire de la plage.

Au-dessous, la paroi. Elle ancre la terre dans la mer. Les roches cristallines ou magmatiques (schiste, basalte, granit) résistent au ressac qui est la guerre du temps contre l'espace. Le monde se défend de l'usure. Le promontoire encaisse le choc. Parfois, une aiguille oubliée se dresse face au lointain.

Les peuples des promontoires – de Galice, Bretagne, Irlande, Calédonie – se campent devant le large de toute la puissance de leur mémoire ! Rivés à l'Histoire, ils projettent le regard à l'horizon.

La terre (truffée de morts) se déploie derrière eux. Les pensées prennent leur élan. Rien ne saurait les arrêter. Devant : un roman. Derrière : le récit. Une patrie pour les hommes d'ouverture ne dédaignant pas l'arrimage.

Bien attachées, les péninsules pouvaient démarrer.

Je m'arrachai au cap. Qu'est-ce qu'un lieu féerique ? Un endroit d'où l'on rêve de ne plus jamais partir. Ici, la topographie empêchait de faire un pas de plus. C'est la légitimité du promontoire. Lui seul contraint l'armée au demi-tour et le voyageur à la chute.

À Gijón, Humann et Benoît achevaient de mettre le voilier en ordre de marche. Il fallait repartir. Désormais, je longerais le littoral celtique, courbe d'encéphalogramme. Des Asturies jusqu'au nord de l'Écosse, une ligne de côte disait les noces de la mer, du ciel, de la terre.

La voile

Attaché à Saint-Malo, notre navire mesurait quarante-neuf pieds. C'était un voilier breton tout blanc, de la facture la plus ordinaire, armé pour la navigation hauturière. Il n'aurait pas déparé dans un lagon. Bleu turquoise, blanc plastique : couleurs de l'ennui. Heureusement, nous partions vers des mers de varech et de guillemots. La tristesse dans la beauté ne fait jamais de mal à l'âme. Humann et Benoît avaient convoyé le bateau de Saint-Malo, coiffé le Finisterre breton et coupé le golfe de Gascogne jusqu'à Gijón.

Le pont était large, et la table du carré, immense, faisait de l'embarcation un bureau mobile. Chacun de nous possédait sa cabine. Quand on veut « vivre ensemble », veiller à pouvoir « rester seul ».

Une brise établie pouvait propulser le navire à huit ou dix nœuds. On avait chargé le bord de livres. Suffisamment pour tenir jusqu'aux Shetland, et retour. On tente toujours de faire de son bateau une bibliothèque flottante. On se persuade que les traversées laisseront loisir de rattraper des années de retard. Amundsen avait embarqué des milliers d'ouvrages à bord du *Fram* vers le pôle Sud. Mais au premier coup de mer, on ne pense plus à lire Kierkegaard.

J'avais constitué une bibliothèque de licornes et de chevaliers. J'avais pris Hugo pour la chanson des sources et des bois, Apollinaire et Aragon pour les mystères français, les vieilles saturnales et les rondes de lune. Nietzsche, pour que le soleil frappe gaiement l'écume. J'avais les romans du cycle arthurien enluminés par les analyses de Michel Pastoureau. J'avais de beaux lais et de gaies ritournelles. Jaufré Rudel et Michel Zink : le troubadour et le savant. J'avais les études sur le Graal, puits sans fond. Personne ne pouvait définir le Graal : la quête était de comprendre. J'avais Marie de France pour la beauté des dames. J'avais la poésie anglaise pour le thé sous l'averse : Keats, Shelley, Byron offraient un aperçu de la pathologie british du début du XIXe. J'aimais par intermittence ces fleurs séchées pour Londoniennes en porcelaine. Ces poètes angoissés et impeccablement élevés avaient contribué à l'édification d'une légende celtique, magique et nocturne. J'avais Yeats pour l'incompréhensible bocage mental irlandais, et Walter Scott pour les mouillages écossais. Poèmes et romans offrent la clef des songes et la carte des lieux : mieux que *Le Guide Michelin*. J'avais Simenon, parce que tout de même il ne faut pas charrier, on est content de la familiarité collante des gares du Nord après les chevauchées dans les nobles taillis. Bien entendu, nous avions serré dans le carré quelques assommantes histoires de la civilisation celtique et nombre d'études sur la mythologie bretonne. Les historiens consacraient en général le tiers de leurs ouvrages à contredire les travaux des confrères avant d'avouer que le celtisme tenait pour grande part d'une construction romantique.

Nous étions armés pour passer en revue les côtes de l'Europe atlantique, cette mise en charpie de la terre par la mer. À vrai dire, au cours de ces semaines, nous trouverions plus d'utilité à surveiller les écueils qu'à plonger dans les études de Jean Markale.

On partit. La traversée du golfe de Gascogne prit trois jours. Nous visions Audierne, plein nord. Le 360°, bel objectif pour la vie. Vers le nord, on simplifie. La mer était grosse, enceinte de poissons. Les dauphins frôlaient la coque. Lisses, clairs, galbés : des escort girls. Et infidèles : quand un autre bateau s'annonçait, ils gazaient.

Le vent soufflait trois quarts nord-est. Il se maintint à vingt-cinq nœuds et nous étions heureux.

La navigation à la voile consiste à régler cap, allure et gîte pour parvenir à l'ataraxie. Idéalement, quelques menus gestes suffisent. Si pendant quelques secondes on réussit à ne plus bouger un doigt, c'est le triomphe. Le bateau fuse, l'équilibre règne, les axes s'ordonnent. La mer, l'homme et la machine sont harmoniés. Le temps s'arrête. Le monde est une harpe (celtique, *of course*).

La navigation à la voile réalisait le rêve d'Héraclite ! Libérer l'énergie de la conjonction des contraires. Au départ, tout s'oppose : le poids enfonce la coque. La poussée la relève. La gîte s'accroît, le vent adonne, puis refuse. La mer freine. La vague entraîne. L'étrave frappe. Soudain l'instrument s'accorde : les tensions se résorbent. Alors, pour un instant, le marin demeure immobile, jouissant de l'équation. En un endroit précis du bateau situé légèrement sous le pont convergent les forces. On appelle *point vélique* cette croisée des poussées. Seul ce point est animé. Il meut la masse.

Est féerique le moment où la perfection des choses autorise à ne plus faire un geste. À quand la vie vélique ?

Cette nuit-là, j'étais de quart. Heures bénies : d'une heure à quatre heures du matin. La lune orange et molle coula derrière l'horizon. Les étoiles scintillèrent. Le cosmos avait été inventé pour que les marins ne se perdent pas. « La mer observée est une rêverie » (Hugo, *L'Homme qui rit*). Sacré Victor ! Une rêverie qu'il fallait tout de même entrecouper de relèvements et de manœuvres.

Quand tout marche, l'homme de quart – barre en main, voiles réglées – joue les statues. Pas un mouvement, pas une parole : snobisme du marin. *Pas un bateau ne bouge.* Le voilier file, « à 35 degrés du vent ». Les étoiles vibrent. Une seule compte : pour l'alignement. Le sillage fait un bruit de crème. À peine une élingue claque-t-elle. Le marin : « Je suis seul, je veille, j'ai charge d'amis, endormis dans la coque : quelle confiance ! quelle inconscience ! Comme ils ont tort ! » Hugo avait raison, le marin commence à rêver : il se prend pour le « gardien du cosmos », la « sentinelle de l'univers » et toutes ces panoplies vaseuses. Les nuits en mer rendent bavard.

Je rêvais beaucoup. Pourquoi les fées de mon enfance avaient-elles brûlé ? La Technique s'était emparée du monde, les masses s'accroissaient, le commerce menait la danse. Partout bruit, raison, calcul, fureur. Les fées avaient reculé devant cette conjuration. Elles s'étaient repliées dans le silence.

À l'aube, nous fûmes survolés trois fois par un avion de surveillance. Le vrombissement fracassa ma rêverie. Ces douaniers pouvaient-ils saisir que nous n'avions rien à déclarer sinon l'amour du vent ? On ne nous demanda rien. Et la terre apparut.

II

En Bretagne

vers l'Angleterre
Aber Wrac'h
Pointe de Corsen
Anse de Bertheaume
Brest
Pointe de St-Mathieu
Pointe de Penhir
Château de Dinan
Menhir de Lost Marc'h
Crozon
Cap de la chèvre
Pointe du Van
Baie des Trépassés
Pointe du Raz
Audierne
BRETAGNE
De l'Espagne
Nord
1 : 100.000
Navigation en voilier
Incursions à pied et à bicyclette

La mouette et l'ajonc

Une jetée, des maisons comme des carrés de sucre, des rochers ronds et un bouclier vert-de-bronze hérissé de croix : c'était bien la Bretagne.

Nous atterrîmes à l'anse du Loc'h, ouest de Primelin, côte sud. Trois jours et demi pour y parvenir depuis les Asturies. Mouillage, mise à l'eau, accostage. L'ancre, le canot à moteur, la digue de béton : notre solfège pour les prochains mois. Je débarquai pour mon bivouac de promontoire. Dormir sur un balcon de l'Ouest assurerait-il la réapparition des fées ?

Je marchai trois heures. Douze kilomètres jusqu'à la pointe du Raz. Les graminées tremblaient dans le soir. « La vie est une avoine et le vent la traverse » (Aragon, *Brocéliande*). Ce vers parfait. Il disait la douceur blanche. Je le répétais pour marcher vite. L'herbe est une force fragile. Le monde brûle. La graine pousse sur la cendre. Sous la terre, nous la nourrirons.

En contrebas du chemin, les falaises tenaient bon, torturées. En bouffant la terre, la mer salive. L'eau déchirait les roches mais l'air était une caresse. La Bretagne : ce corps doux sur des pieds déchiquetés. Le temps passait, je marchais. Le sentier breton, ce fil à couper l'heure. La bruyère faisait des taches mauves dans l'or des genêts : subtils à-plats de peintres de la Renaissance. Le jaune, le vert, le violet. Quelques maisons du bonheur prenaient les derniers rayons. Vélux sur la mer et grosses bagnoles garées derrière les haies. Des mères libérales devaient s'occuper de coucher les enfants dans des pyjamas à rayures.

Je pensais au Knulp d'Hermann Hesse, le vagabond qui avait mené des jours insouciants sur les routes poudrées. Une existence *avec les fées* ! À la fin, il mourait, le dos contre un arbre, dans la nuit. En bas, il voyait s'allumer les lumières du village et se disait à peu près : « Ils sont heureux dans leur foyer, je vais mourir tout seul. » De quel côté de la fenêtre faut-il mourir ? Libre et seul dans la forêt ? Ou bien accablé d'ennui avec ses gentils enfants ?

J'arrivai au sémaphore avant la nuit. Dans cette vie, tant qu'on peut, il faut faire de l'ouest. Je passai devant le monument de « Notre-Dame des Naufragés ». Quel nom ! Elle pouvait prier pour la totalité des hommes, celle-là !

Des centaines d'estivants se tenaient devant le disque solaire, accomplissant les rites païens de la nouvelle liturgie : ils photographiaient le soleil, bras tendu. Un extraterrestre aurait noté dans son carnet : « Les habitants de cette planète possèdent un petit dieu noir dans leur poche. Ils s'en occupent et le bercent et le caressent toute la journée, comme des merveilleuses femelles attentives. Ils le nourrissent le soir en le brandissant devant le soleil. »

Le Raz : je m'arrêtai sur le dernier rocher, à l'extrémité de la pointe, avant la chute. L'herbe iodée faisait pour mon sac de couchage un matelas élastique. Sur une vire de rocher, abrité du vent, j'étais aux loges. La lune versa dans la mer. Les gréements blafards d'un voilier trouaient la nuit. Le bateau traçait au 100°. Il coupa le scintillement. Ses voiles devinrent noires par un effet de contre-jour – c'est-à-dire de contre-lune.

Ce soir, définition du féerique : tout spectacle aperçu depuis un poste de vigie. Son accès devait être suffisamment difficile pour qu'on fût le seul à le contempler.

La fée : ce qui se mérite dans l'ordre de la beauté.

Les limicoles

Par les grèves et par les pointes. Humann et moi mîmes au point notre méthode amphibie. Solfège simple : j'embarquais, naviguais quelques milles, débarquais, courais la lande, retrouvais le bateau à l'endroit convenu.

C'était la manière celte : bateau léger, accostage facile, aller-retour constant. La mer puis le monde. Le pont du bateau puis le chemin de côte : une très noble oscillation. Incursion permanente, repli rapide : tactique limicole pour rester sur le fil. Ainsi ne subissait-on ni la lassitude de la navigation ni la pesanteur de la vie terrestre. Ce funambulisme était un humanisme. Y penser pour l'organisation générale de la vie.

Les deux mètres de quille du navire interdisaient l'approche des plages mais Benoît, circulant de port en cale, visant les mouillages, jetant le canot à l'eau, arriverait, trois mois durant, à me débarquer et me ramener à bord quand l'envie m'en prendrait.

Nous ricocherions ainsi, jusqu'au nord de

l'Écosse. Content de gagner le bord, content de retrouver le chemin, content de marcher, content de souquer : nous inventions le bonheur constant. Les amphibiens ne connaissent pas la tristesse. Les grenouilles ne pleurent jamais : elles chantent. L'homme, lui, est stupidement construit. Il rêve de la mer en haut de la falaise et regrette sa clairière quand il a pris le large. Pour se consoler, il donne le nom d'« espoir » à sa déception.

Il y avait quatorze ans, je m'étais lancé dans un voyage celto-atlantique par la voie terrestre. J'étais parti à pied de la Galice espagnole dans l'idée de gagner le nord de la France, le long des côtes. Je voulais passer en revue les motifs du paysage celtique : ô calvaires, ô menhirs. Très vite, le fiasco ! Du Finistère galicien, j'avais donné dans le béton. L'urbanisme du XXe siècle constellait la côte. Ô ciments, ô villas. Rêve du petit propriétaire accompli : un grillage devant le large et la mer par mon vélux ! Résultat, il fallait traverser des stations balnéaires entre les forêts littorales et supporter l'asphalte là où l'on attendait la côte sauvage. J'étais parti chercher le roi Arthur et l'enchanteur Merlin, je me retrouvais chez Leroy-Merlin.

Mauvais mode opératoire.

J'avais alors pensé aux salamandres et aux bateaux à voile.

La croix

Du Raz, je gagnai le promontoire de Castel Meur par la baie des Trépassés et la chapelle de Saint-They. (Ces noms ! Ils légitimaient la course. On les énumérait, cela faisait un poème.) Je marchais vif, le corps fouetté par la lumière. Sur le sentier breton, les chapelles sont semées. Il y avait vingt siècles, un Dieu avait remplacé les antiques présences. Les chapelles avaient conservé l'emplacement des vieux sanctuaires. On poussait la porte pour trouver le repos de l'ombre. La religion chrétienne laisse le marcheur s'asseoir un instant, sans obligation de professer un mot.

De la voûte descendait une fraîcheur triste. Elle baignait les fronts chauds. La foi bretonne sentait le sel, le cierge froid et la fibre de buis imbibé de larmes.

Aux murs, des ex-voto et des bannières d'exhortation. Parfois, une maquette de navire de bois flottait sous l'arc d'ogive. Dans la mer, les corps. Dans le ciel, les bateaux. Jadis, en

Bretagne, une femme se mariait à un futur noyé puis élevait un fils qui épouserait une future veuve. Pour les femmes, la géographie était drôlement au point. Il y avait les promontoires pour guetter le retour et les chapelles pour pleurer le naufrage.

Au fond de la baie des Trépassés, un homme m'avait confirmé le martyrologe naturel de tout Breton :

— Je suis un Mervel. On a fait sauter le « le » à la Révolution. Pour survivre.

— Et après ?

— Après, mon arrière-grand-oncle achète un bateau de pêche avec ses trois frères. Un coup de vent. Tous morts. Les quatre cercueils des quatre fils alignés. J'habite toujours la maison sur la route de Primelin.

Ils trépassent et je passe. Adossé au mur de la chapelle de They à la pointe de Van, j'assistais au crépuscule en fumant. La fumée montait, le soleil tombait, la nuit s'étirait, le monde s'usait, les mouettes planaient, très cool, la mer bavait, très hard. Seul le granit se tenait tranquille.

Quand le ciel fut sombre, les rochers devinrent des gueules de Daumier avec nez protubérants et mentons en pointe. Les géologues appellent *anémomorphose* la sculpture par le vent des grimaces de la roche. Le vent fabrique la fée.

En Bretagne, le paysage est une ivresse. La chapelle faisait face au « rocher de Morgane », magicienne et sœur du roi Arthur. Coexistaient sur ce fil de falaise en un vaisseau chrétien que couvrait le ciel et un chaos de légende que battait la mer. La croix côtoyait la fée.

Ce voisinage fondait le christianisme celtique. Thèse d'Ernest Renan : la douceur celtique avait accueilli l'amour chrétien. La première avait fécondé le second. Le second *remplacé* la première sans l'effacer. La rencontre avait porté de beaux fruits. De ce mariage de deux bonheurs étaient nés le miracle de la chevalerie et une religion fleurie, mélange de dogme romain et de dévotions païennes. D'où ces théories de saints bretons, ces pardons superstitieux dans les villages durs, ces rogations semi-magiques et la capacité pour l'abbé de Bretagne – gorgé de vieux savoirs et de jeune eau-de-vie – de voir danser des feux sur les landes violettes.

J'aimais ces embrassements des siècles, noces du légendaire et du dogmatique, ces rondes mêlées de saints chrétiens et d'ombres saturnales. Les hommes du siècle 21, le mien, étaient passionnés par la discorde. Ils faisaient des choix. Ils réduisaient les chatoiements. L'amour de la dialectique avait créé chez mes semblables une pensée de hachoir et des réflexes de charcutier : on tranchait. Soit l'un, soit l'autre. Moi, je voulais les deux puisque j'aimais les fées.

Sur les balcons de l'Ouest, les siècles avaient su se fondre l'un dans l'autre. La source païenne avait irrigué l'esprit moderne. Les générations avaient déposé chacune son propre bouquet au pied de la suivante. Et puis soudain, l'époque contemporaine avait rompu la passation. Un siècle de machines avait produit des hommes nouveaux à la pensée très fière. Ils préféraient choisir ce qui leur convenait. Ils faisaient leurs courses dans les rayonnages du Temps. Ils traitaient l'Histoire comme des manutentionnaires de magasin. Le reste, ils le jetaient dans la fosse aux oublis. Pis, ils le condamnaient et revendiquaient le « droit d'inventaire ». À ces réflexes de déboulonneurs je préférais les rêveries où le Christ et Morgane s'emportaient dans la même gigue.

Le château d'eau

On franchit le raz de Sein au moteur et aux heures propices : l'étale de pleine mer. On glissa entre les écueils. Les rochers moussaient. Il y a une vie après la mort des marins : les crabes. À la barre, Benoît semblait content. On laissa la « Vieille » et la « Plate » à tribord. Dans une vie de marin, le raz de Sein est un événement. Une « première fois » d'amant. Pour lui, le souvenir serait heureux. Ciel amical, mer soyeuse, courant porteur. Le Sein ? Une caresse.

Benoît était venu tard aux voiliers. Intégré à dix-huit ans dans la Brigade de sapeurs-pompiers de Paris, monté au feu, balancé aux balcons, il avait servi six ans à bord des camions rouges. Le métier offre une loge d'observation au théâtre des hommes. Une place de premier rang à l'orchestre ! Pimpon, frères humains ! Le pompier les côtoie dans la peur et la peine. Il éclaire la nuit de bleu, éponge le sang et sèche les larmes. Alors, les hommes se révèlent. Dans le chaudron des villes, Benoît avait rencontré des êtres assez maladroits, très inconséquents, passablement lâches. Parfois, bien sûr, une fleur au milieu de l'égout. Mais c'était rare.

Un jour, il avait rejoint une unité spéciale de parachutistes de l'armée de terre, versée dans la conduite d'opérations discrètes. Action clandestine, classement sans suite : de ces années Benoît avait contracté un mutisme chic, qualité de marin, acquise à la caserne.

Le raz de Sein n'était pas la mission la plus difficile de sa vie.

Il avait quitté l'armée pour se former aux métiers de la mer. Reconverti en « capitaine de yacht », il barrait des voiliers aux Antilles. On se connaissait lui et moi pour avoir navigué de concert, deux mois durant, en Méditerranée. Nous suivions l'itinéraire de l'*Odyssée* d'Homère. On avait passé le détroit de Messine, coiffé le cap Malée. Sur le pont, dans les nuits ioniennes, nous avions parlé de la faiblesse d'Achille, de la force d'Hector, car nous pensions qu'il fallait lire contradictoirement la distribution des qualités chez les deux héros. Nous avions catalogué la beauté des vaisseaux. Un soir, nous avions chanté un refrain de la Légion, devant le Stromboli. Je me souvenais de sa voix dans les lueurs éruptives. Nous nous étions écoutés et donc bien entendus.

Je lui avais alors proposé de me conduire dans le labyrinthe des écueils atlantiques. Il avait hésité. « À la recherche des fées », avais-je ajouté. Il avait accepté.

Sein passé, nous rejoignîmes le deuxième des trois doigts bretons que le pays trempe dans l'Atlantique : la presqu'île de Crozon, pointe tricuspide.

À midi, nous jetions l'ancre devant le château de Dinan. Par « château », entendre un empilement de grès armoricain, crénelé de tourelles, percé d'arches et de grottes effondrées. Un château ouvragé par le temps, et ses deux appariteurs, le vent et le ressac.

À bord d'un bateau, la mémoire plonge dans l'archivage des heures de la vie passées sur le pont.

Je me souvenais de mes jours à bord d'une frégate de surveillance, dans la mer des Antilles, à mes embarquements au milieu de l'océan Indien à bord d'un ravitailleur. Je me revoyais tenant le quart sur le pont d'une goélette dans les eaux étales de la mer de Baffin, à la barre en pleine Transat au large des Canaries, en mer Égée, en mer Ionienne, en mer de Ross, à la table du pacha d'un sous-marin nucléaire lanceur d'engins terribles.

Les heures glissent, fulgurantes et intenables quand on flotte sur l'eau. On quitte le quai des départs, on grimpe sur la passerelle, on pose le pied sur le pont, alors il vous semble avoir passé un porche vers un monde où ni le temps ni les hommes ne possèdent la même essence. Un bateau est une planète. Ce qui s'y passe appartient à un ordre clos, secret. Le livre de bord consigne ce que le capitaine a bien voulu dire. Seul le sillage connaît la vérité. Il se referme aussitôt.

Sous le commandement du château de Dinan, nous balancions dans l'après-midi chaude. Les eaux pétillaient. Les parois hérissées d'échauguettes et crevées de venelles s'agençaient à la perfection : un traité d'architecture. Le spectacle de ces géomorphologies avivées de soleil donnait envie de courir sur le fil.

Le féerique opérait. Prise comme *émanation du génie du lieu*, la fée agissait. Elle existe parce qu'on la voit. Est féerique ce qu'on déclare l'être. La beauté réveille. J'assistais en moi-même à la transmutation du génie d'un lieu en énergie de l'être. Contaminés, on débarqua Benoît et moi et on fila grand train en chantant des refrains sur le bord des falaises vers l'éperon de Lostmarc'h.

La pierre dressée

On était essoufflé en arrivant à Lostmarc'h. On avait couru vite. Au nord de la baie, la plage appuyait son croissant blond sur un vallon de fougères. Vers le sud, la côte avançait ses festons. L'éventail des promontoires se distribuait en plis successifs dont l'intensité variait avec la distance. Chaque cap était une coulée de bronze descendue à l'eau, pétrifiée par le refroidissement. Le premier plan bleuissait dans la vapeur. Le dernier frappait le ciel d'un jais profond.

Depuis vingt ans, je venais à Lostmarc'h. À chaque fois, j'observais le même rituel : je gagnais le menhir, je jetais un coup d'œil sur la baie, mon cœur s'alourdissait et je repartais.

De tous les paysages que j'avais aimés dans ma vie – des rizières du Yunnan aux cataractes de Centrafrique, des blés de Beauce aux pâleurs dolomitiques – je plaçais la baie de Lostmarc'h au plus haut de mes visions. *Nous sommes les enfants de nos paysages,* pensait Durrell. Je n'étais pas l'enfant de cette baie bretonne. J'étais son adorateur. Et la perfection esthétique de ce parvis de sable d'or souligné de rides me rassurait. La certitude d'un ordre de la beauté tranquillise les âmes instables.

L'éperon pénétrait le ressac. Comme la roche semble fière, fouettée de blanc ! La bruyère et le genêt adoucissaient ce combat. La robe des chevaux ondulait par-dessus les ronciers. Un menhir de trois mètres, à la tête du promontoire, parachevait l'ordonnancement. Ce paysage était parfait puisque intouché. La perfection, c'est l'inamovible.

Pourquoi avoir levé les pierres ? On touchait le menhir, on s'y adossait. On caressait cette chose pétrifiée, mais on ne savait rien. On quittait la place, légèrement honteux de ne rien entrevoir à ce mystère.

J'avais une théorie. Une société balbutiante, jeune de sa propre histoire, trouvait dans l'art mégalithique un moyen d'annoncer sa puissance : « Regardez de quoi je suis capable, disait la tribu, je peux lever douze tonnes. » « Et moi vingt », disait l'autre. Le menhir aurait ainsi servi à exhiber son degré d'organisation et sa force. Les ours expriment la leur à la taille de leurs griffes sur l'écorce de l'arbre. Il fallait un ordre pour aligner ces pierres. Dis-moi ce que tu dresses, je te dirai ce que tu vaux !

Dans l'expression « pierre dressée », le mot « dressée » est le plus important. Il fallait chercher la clef en lacanien. L'aventure humaine avait consisté à *dresser* le monde donc à le soumettre. Le feu avait dressé l'outil, l'élevage la bête, l'agriculture le grain. Et l'homme lui-même s'était dressé pour étouffer en lui les orages bestiaux. Aligner les pierres : la plus ostensible preuve que l'homme pouvait ré-agencer le monde. Le menhir était la représentation de sa volonté. La géologie avait couché les strates. L'homme les relevait. Et couvrait la terre des preuves de son pouvoir. Le menhir devenait le coup d'envoi de l'âge technique, pierre inaugurale de la transformation du réel. On imaginait le raccourci, façon Stanley Kubrick : un mégalithe puis la fission de l'atome.

Bachelard avait une autre thèse. Elle était psychologique, vague, très humaine. L'homme, naissant au monde, trouva nécessité de s'affirmer. Il s'était mis sur ses jambes. Grâce à la bipédie, son cortex s'était développé et sa tête avait pris les dimensions de l'univers. Son port lui avait alors inoculé le « complexe d'Atlas ». Il aurait trouvé dans la verticalité une attestation de son humanité. En naissant, il fallait faire ses premiers pas pour devenir un homme. Debout le monde ! L'ouvrier néolithique avait alors pensé à planter des pierres de dix tonnes : « Je suis un homme, je me tiens debout, tout doit se tenir : je dresse un menhir. Sous le ciel, debout, il me symbolise. »

On rentra au voilier le long de la falaise. D'autres théories fleurissaient. Une littérature scientifico-ésotérique avait produit sa vérole d'explications : autels du culte, pierres de sacrifices, emplacements funéraires, calendriers solaires, repères extraterrestres pour atterrissages d'urgence. Il devait exister une théorie sexuelle avec menhir incarnant le priapisme du grand Pan ! Le menhir serait la preuve que la mer excite la terre.

Les menhirs demeuraient. Ils montaient la garde. Leur présence garantissait leur légitimité. Cela suffisait.

Ce soir-là au carré du bateau, j'avançai une explication. L'homme comprenant qu'il était un roseau vibratile aurait planté des pierres pour conjurer sa fragilité. Malade de désir, affreusement furetant et toujours mécontent, contaminé par l'espérance, il aurait trouvé un soulagement dans le menhir. Son inquiétude se serait apaisée devant l'inerte. Tout le menaçait : l'horizon chassait, la mer rageait. La pierre, elle, ne bougeait point. Luxe, calme et fixité. Quel repos !

Car le changement est la plaie, l'angoisse, le malheur de l'homme. Ô que revienne le temps des menhirs. Que cesse l'épilepsie du monde.

Il fallut quitter le mouillage, partir encore, partir toujours. À onze heures, la houle s'était levée. L'ancre raclait. On la leva. Et on passa la nuit à quelques milles au nord, au sud de Pen-Hir où la falaise nous protégea du vent.

Sur la table du pont, Humann et Benoît s'entretenaient de la façon de boire le whisky.

Chacun défendait sa manière. Benoît laissait les heures traverser son verre. Humann se débarrassait cul sec de toute tentation. Sur la ligne des fées, Humann s'occuperait de seconder Benoît, et d'assurer l'intendance. C'était un compagnon précieux : baroque et jamais fatigant. Je l'avais connu en Russie à une époque où il était capable de s'accommoder de n'importe quelle rencontre. Ensemble nous avions couru les bois en compagnie de voyous magnifiques et de saints ambigus, jusqu'à finir endormis sous de belles tables de pin où roulaient les bouteilles. Il avait vécu trente ans sur les bords du lac Baïkal et voyagé dans les confins de l'ancien empire communiste. Il connaissait mieux le Kamtchatka que sa Seine-et-Oise natale. Il semblait avoir gardé l'éclat aveuglant des ciels sibériens dans les yeux. De la Russie, il avait rapporté une façon de se satisfaire des choses, persuadé que demain serait pire. Il parlait souvent de sa sainte Russie, sainteté et atrocité mêlées. À comparer, la Bretagne paraissait un tendre paradis pour enfants de confiseurs.

Il l'aimait comme une seconde mère, sa Russie, malgré la guerre qui brisait les rêves eurasiens. Comme nous avions été naïfs en 1991 de croire à la possibilité non pas d'une île mais d'un continent de l'esprit ! Humann nous confia qu'il reviendrait au bord de son lac chéri. Au Baïkal, il s'inventerait une nouvelle vie. Il n'y avait aucune autre rive sur laquelle il voulait mourir. Après tout, on pouvait continuer à se montrer slavophile sans être russolâtre, et russisant sans virer kremlinophile. Pour l'instant, nous étions passés à l'Ouest.

Les fées

À l'aube, on accosta au port de Camaret-sur-Mer après avoir glissé entre les pois de Pen-Hir. La mer était une peau. L'étrave coupait l'eau : une lame dans la soie. J'avais un rendez-vous.

La presqu'île de Crozon abrite le Centre parachutiste d'entraînement aux opérations maritimes. Les nageurs de combat du service Action, l'un des bras armés de la DGSE, se préparent aux missions clandestines. Ils attendent l'ordre du président de la République. Sur les *théâtres* (ce mot !) les agents opèrent, fugaces, fulgurants. Rien ne sera connu des citoyens, ni revendiqué par le gouvernement. Benoît venait de ce monde. Je ne savais rien.

Le chef de corps m'avait invité à sa table. Les agents portaient pseudonyme. Jo, Jeff, Jim, ces bons camarades. On fit des discours où il était question de l'audace et du *génie amphibie.* C'était le mode opératoire du chevalier des Touches, chef chouan du Cotentin à bord de sa barque indétectable. C'était la méthode des pilleurs de la côte celte : débarquer, frapper, disparaître. C'était la technique des nageurs de combat : ils sortaient de l'onde, faisaient leur office et reprenaient la mer en essuyant leur lame sur leur manche.

— Je fais la même chose, mon colonel, mais sans risques, sans peine, ni enjeu, j'accoste pour les fées, je repars dans le vent, dis-je.

— Je n'aurais pas songé à l'analogie, dit le colonel, dont l'indulgence était le masque fort civil de sa consternation.

Crozon avait été un haut lieu de magie. Au bout de ce ponton moucheté de motifs vivait un poète aimé par les surréalistes : Saint-Pol-Roux, mage des idées et tailleur de lumière. André Breton voyagea sur cette lande arrimée au monde. Il sillonna le blason, reconnaissant ses sources. Gracq avait aimé le nom du village d'Argol et en avait fait un château de papier. La presqu'île portait sa magie propre. Le ciel diffusait une poudre pure. La masse rocheuse du Menez-Hom verrouillait l'entrée. Y flottait l'écho de cultes sanglants. Pen-Hir fermait l'avancée. La mer d'Iroise faisait le parvis de ces confins. Entre les deux bornes, la presqu'île recelait son héraldique : cercles de pierre, sources et calvaires, chapelles et pardons. Les motifs constellaient la lande. Les falaises bordaient la côte. Les parois offraient des loges sur le mystère.

On s'en approchait. Devant la beauté, on était convaincu de la souveraineté du regard. Tout contemplateur connaît sa puissance. Il domine l'intangible, loin des inquiétudes du petit propriétaire. Rien ne l'atteint si la vue porte. Il reste roi de ses visions. « Je suis le prince de ce que je contemple » (Cowper, cité par Bachelard). Ici, régnait l'empire du promontoire.

Je ne trouvais pas aberrante la présence de nageurs clandestins dans ce labyrinthe alchimique. Jaillis du néant et retournés à lui, ces hommes pratiquaient l'art féerique : ne pas s'annoncer, savoir disparaître, oublier ce qui avait été vécu.

— Mon colonel, les fées sont des vôtres : on ne les attend pas, elles sont là. On les devine, elles ne sont plus. La fée, ce nageur de combat à couettes.

Il m'offrit l'insigne du centre, frappé du *Memento semper audere* : souviens-toi de toujours oser. À quoi pouvait servir pareille devise quand on se trouvait sur un promontoire, au bord du vide ?

Le sang

Je revins au château de Dinan bivouaquer au-dessus des grottes. Des coursives de grès ceinturaient la citadelle. J'installai mon sac sous les tourelles. Les goélands râlaient : j'occupais leurs échauguettes. Des cocons d'araignées se balançaient dans les ajoncs. Il se tramait des choses sur ces mâchicoulis ! J'aurais été breton, j'aurais vu danser le diable.

J'avais fait allégeance à la Bretagne des découpes littorales. Dans les terres, la masse sombre offrait un autre monde, pays des bois touffus, bouclier que les Bretons nommaient Argoat et le poète Guillevic décrivait de ses borborygmes. Pour l'heure je préférais rester trois mois suspendu dans la lumière. Je faisais le choix des falaises lavées de mystère et non des landes bourrelées de secrets.

À onze heures et demie du soir des déchirures blondes zébraient encore l'occident. Il est difficile de s'endormir devant une traînée. La nuit refusait. Est féerique ce qui demeure dans ce qui n'est pas encore. Le jour dans la nuit. L'excitation dans le sommeil. Le rêve dans le réel. « Et le remords est dans l'amour », dit Verlaine.

Le lendemain, sur le quai de Camaret, un sergent des forces spéciales se présenta sur le pont du bateau. Benoît et Humann étaient occupés à réparer les contacts électriques de la batterie du voilier. J'avais oublié la différence entre l'alpinisme et la navigation. L'alpinisme consiste à sauver sa peau. La navigation à réparer son bateau.

Le sergent s'appelait Martin. Deux trimestres auparavant, il avait sauté sur un explosif en Afrique. Visage emporté. Mâchoire fracassée. On lui avait sauvé l'œil. Greffé, couturé du menton au front, il avait survécu. Exophtalmique, la gueule cassée me fixa. Je vivais moi-même avec ma propre grimace, contractée à la suite de cinq fractures du crâne. En somme, nous nous étions réveillés tous deux avec un visage inconnu. Il avait fallu l'accepter, apprivoiser la laideur, opposer l'indifférence à notre propre reflet. Il est difficile de vivre avec un autre, surtout quand c'est soi-même.

Si j'étais parti chercher les fées sur le rebord du monde c'était aussi pour implorer secours à la beauté diffusée dans le ciel celtique. Elle me consolerait de l'affreuse disgrâce du visage dont ma chute sur le sol avait fait de moi le porteur définitif.

Martin n'avait pas vingt-cinq ans. J'en avais cinquante. Pas d'âge pour les monstres.

L'armée offrait cinq années aux grands blessés. Le temps de se reconvertir. Martin arriva accompagné de son ami Thomas, ancien théologien, spécialiste de la patristique araméenne du IVe siècle et directeur de l'association des blessés de guerre Ad Augusta. J'avais l'impression d'avoir déjà rencontré ce couple, la bête et le prélat, Quasimodo et Frollo.

Dans la maison d'accueil des blessés, au nord de la presqu'île, Thomas aidait Martin à revivre. Le premier me demanda si je pouvais emmener le second dans ma promenade de l'après-midi, le long du sentier.

— Les blessés contractent un syndrome de l'errance. Ils veulent oublier. Ils cherchent l'explication de la chute. Relevés, ils fuient, vous voyez ?

Je voyais très bien. Après ma chute, j'avais cherché salut sur les chemins. J'avais traversé la France à pied car vivre, c'est s'en aller. On tombe. Quand on se relève, il faut partir.

On s'en alla, Martin et moi, vers le cap de la Chèvre, au bout de la branche sud de la croix de Crozon. Pendant des heures, on fendit les fougères. Le tapis des aiguilles rendait la marche souple. Le chemin frôlait les falaises au-dessus de lagons de jade. Les bruyères débordaient sur le vide. Sous les pins il faisait frais dans le jour. Puis il fit tiède dans le soir. Martin et moi ne disions rien. Nous mâchions notre question : guéri, devient-on meilleur ?

La lumière frappait chaque élément : des genêts aux rochers. Sur cette presqu'île surréelle, le détail se révélait dans sa gloire isolée. Crozon est une table à bibelots. Ô Bretagne en or où tout objet se distinguait, nimbé. Gracq croyait au « paysage de l'âme ». Le « merveilleux » est l'admiration de ce qui se présente.

Le cap de la Chèvre sépare les mondes. À l'est la baie de Douarnenez, à l'ouest la mer d'Iroise. D'un côté les eaux gentilles, bordées de fleurs. De l'autre la houle fracassée sur les roches. À l'est le charmant, à l'ouest le furieux. À l'est, les clubs de voile pour enfants réussis. À l'ouest des rouleaux fous pour surfeurs malheureux. Le cap faisait la frontière avec un sémaphore pour la communication.

On tourna la pointe. Le sentier remontait vers le nord. Les promontoires se succédaient, alignés pour le départ. Entre chaque dent : la strie d'écume, mauve de soleil. Les vagues se succédaient en rangs volontaires. L'univers est un rythme. La mer n'est jamais lasse. La terre se retient. Il y a la mer imperturbable, la terre imprenable, le mouvement perpétuel, le ciel impassible et l'homme parfaitement égaré.

Assis sur la falaise, cul dans la salicorne, on regarda mourir le jour. « À petit feu, à petit feu », répétai-je en allumant un robusto du Nicaragua humidifié par l'embrun. Au nord, l'œil distinguait une dernière avancée : « l'éperon barré » de Lostmarc'h. Les peuples de la poussée celte avaient fait refuge de ces pointes effilées. Près de leurs villages, ils avaient levé un double remblai à la jonction d'un éperon et de la côte puis creusé un fossé entre les défenses. En cas d'attaque, ils tenaient longtemps. Contre l'envahisseur, dos à la mer, ils se battaient, à la dernière extrémité de leur vie et de l'Eurasie.

La côte bretonne recelait des dizaines de ces barricades où l'homme avait jadis consolidé l'œuvre de la nature. C'était aux âges des armes blanches. Le bronze alors cédait au fer. La vie répondait à trois nobles impératifs. 1) Savoir qui venait. 2) Pouvoir s'en garder. 3) Choisir ses hôtes.

La lune se leva, encore pleine, en ce 12 juillet. Elle pava l'eau de nacre. Martin semblait vivre un moment d'importance. La splendeur chasserait peut-être ses ombres. À contempler le cosmos sur le bord d'une falaise, on peut réussir le vœu de Sartre : « se faire boire par les choses comme l'encre par un buvard » (*L'Être et le Néant*). Le merveilleux a son pouvoir d'absorption.

Mais la contemplation avait son revers. Sur les promontoires atlantiques, la *rêverie* (pour parler comme Gaston Bachelard) pouvait virer au narcissisme. On risquait de tourner cuistre : « Je mérite ce genre de paysage : une plaine d'argent digne de mes pensées, etc. »

Il pouvait y avoir un meilleur usage – vitaliste

celui-là – des balcons du ressac. C'est sur ce bord, dis-je à Martin, qu'il faut balancer ses noirceurs. Quand on repensera à ces précipices, on pourra se dire : « C'est là que j'ai cessé d'être triste. » Puisses-tu, pauvre Martin, avoir trouvé en cet avant-poste de l'Iroise « le château fort des chagrins » (Louis Aragon, *Brocéliande*) où libérer ta peine.

La fontaine

À six heures du matin, on leva l'ancre pour traverser la rade de Brest. Adieu Crozon, diamant du miracle. Dans l'anse de Bertheaume, le monde redevenait normal. Aux pontons de plastique, chacun gênait l'autre. La fée recule où l'homme progresse.

Humann et Benoît ajustaient la formule. Le bateau me débarquait, je marchais vers le nord, le bateau reliait les anses, je rembarquais.

À la pointe Saint-Mathieu, le phare se dressait au milieu des ruines de l'ancien couvent gothique. Le pinceau balayait les décombres. À chaque trait de lampe une voussure à demi écroulée éclatait dans la nuit. Un cauchemar de pierre éclaboussé de blanc et une preuve de plus que la lumière vient des ruines. Aragon, encore : « Le chèvrefeuille naît du cœur des sépultures. »

Le chemin cheminait. « Ne t'approche pas trop de la falaise », lui disait sa mère la lande. Passaient les calvaires. Au moment de la christianisation des landes, certains menhirs avaient été retaillés en croix selon un principe historique contraire à l'évolution biologique. La vie complexifie. Les religions simplifient. Dans le premier cas, la vie court de l'amibe au cerveau. Dans le second, la foi circule des armées de sylphes au Dieu unique.

Quel destin que celui de la croix ! L'instrument de bois des bourreaux de l'Empire romain d'Orient avait connu un tel rayonnement que des prédicateurs, à six mille kilomètres de la Judée, en avaient sculpté le symbole sur des mégalithes hérités du Ve millénaire !

Entre Le Conquet et la plage de Corsen, Locméven, ou « chapelle des naufragés », se nichait au fond d'une valleuse timide. Un bouquet d'arbres coiffait le petit vaisseau de pierre. Il avait consolé bien des cœurs. On apercevait le large entre les ramures. En général, cela se passait ainsi : la mer prenait un homme. L'autel soutenait une veuve. Ce soir-là, j'appelai merveilleux l'apparition de la douceur sur un chemin de pierre. « Le merveilleux » ou le surgissement *à point nommé* : la source dans la fournaise, l'amour en haut de l'escalier, un sourire dans la foule hideuse. Ce jour-là : une chapelle dans les verdures, au bout d'un jour de marche.

Une fontaine frémissait. Trois marches taillées menaient y boire. Des libellules coupaient l'air. Elles effleuraient le miroir de vibrations dont la lumière seulement, soulignant l'ondoiement, révélait l'existence. Le merveilleux se cache. Un mouvement le trahit. Prendre garde à ce qui frôle.

Cette fontaine n'abritait ni fée à clochette, ni nymphe à toge. Des siècles d'esthétique fécondée de romantisme et mâtinée de symbolisme kitsch prétendaient personnifier les saisissements du monde. En bref, il fallait des danseuses au milieu des cascades, des dieux barbus dans les orages et des sorcières sous les hêtraies.

Devant cette fontaine aux libellules, à la chapelle des naufragés, étions-nous tenus de nous figurer la présence d'une gardienne ? Dans le quatrième livre de la seconde partie du *Génie du christianisme* (deux tomes dans ma cabine), Chateaubriand se demandait « où était le charme de ces personnifications ». Le féerique ne pouvait-il pas se contenter de l'émanation pure de la beauté des lieux ? « Je peux faire prendre la parole à une pierre, mais que gagnerais-je à appeler cette pierre d'un nom allégorique ? »

C'était une leçon pour mon chemin celtique : le merveilleux émanait du réel. Il n'avait pas besoin d'inventions. Le rayon rayonnait, cela suffisait. Fallait-il ornementer le monde d'un carnaval grotesque ? La fontaine était merveilleuse parce qu'elle coulait. Elle pouvait se passer de sa créature afférente. « La naïade détruisait la poésie… » Chateaubriand toujours. La beauté seule constituait la réalité supérieure. Et la révérence que mon regard offrait au lieu était à la fois reconnaissance et manifestation.

Humann m'attendait avec le canot sur la plage.

Je me résumai en rejoignant le bord : est merveilleux ce qui suffit. Devient surnaturel ce qui n'a pas suffi.

Humann écouta patiemment ma définition et m'expliqua ensuite comment « saucissonner le canot sur le rafiot », ce qui se dit « fixer l'annexe sur le pont », quand on porte un blazer à boutons dorés.

Le calvaire

Au mouillage dans la baie de Corsen, le bateau roula toute la nuit. À bord d'un voilier, un corps endormi est une pâte chaude dans son pétrin. Parfait pour lever les rêves.

À l'aube, Benoît ordonna le départ pour l'Aber-Wrac'h. On marcha à sept nœuds, assez pour se rendre joyeux. Benoît commandait, on exécutait, Humann et moi, encore gauches, trop lents. On confondait les ordres. On choquait l'écoute du halebas au lieu de border le génois. Sur un voilier, la bonne volonté est la pire vertu. Benoît expliquait, le métier rentrait. Un bon marin est celui qui se souvient des mots. Un bon capitaine, un être indulgent.

Une frégate de surveillance nous dépassa. Son ombre grise, fantomatique. À bord, des informaticiens surveillaient des écrans. Puis un Imoca, à l'entraînement. Il fusa sur bâbord et sa vitesse nous donna l'illusion d'être à l'arrêt. On se serait jeté à l'eau.

On vira dix fois entre les secs. Sur la carte :

« dangers isolés ». Ainsi de certaines connaissances sur la carte de nos existences. La vie consiste à éviter les secs.

On entra dans le chenal. La voile, comme l'enluminure persane, est un art de la minutie. On passa travers Portsall, où s'échoua l'*Amoco Cadiz*, ce pétrolier dégueulasse au nom de danseuse mexicaine tirée d'un roman de Valery Larbaud.

Quand il ne fallait pas border la grand-voile, je fixais la côte et relevais son fil sur le vif, d'un trait, à main levée, sans même regarder la page. C'était la technique d'écriture automatique des surréalistes appliquée au dessin. Le voyage se résumait ainsi à un trait de plume, à peine tremblé. De loin, la terre ressemble à une ligne de sismographe.

Le littoral couture. La mer se rue sur la terre. La terre résiste. Deux mondes étrangers se combattent.

Sur le fil, des hommes vivent dans l'éphémère et le suspendu. En France, le niveau monte. Un jour la côte de roche sera une plage de sable. Et la jolie maison pleine de vacancières salées, une ruine immergée où ramperont les crabes.

Au bout de cinq heures, on embouqua l'Aber-Wrac'h, ce labyrinthe au nom d'éternuement. On glissa entre les rochers à moitié recouverts.

Pour les pêcheurs des littoraux antiques, il avait été naturel d'imaginer des mythes de géants bâtissant leurs chaussées avant les grands déluges.

On évita les affleurements, Benoît sinuait dans l'émiettement, précis. Le paysage offrait l'impression d'une composition organisée. On pense à Dieu avant de toucher terre. Ensuite, on pense au gasoil.

Apparut le phare de la Vierge : une colonne jaillie du ressac. Tout phare dans l'écume résume l'ordre du monde : ce qui se dresse dans ce qui ondoie, ce qui demeure dans ce qui varie, ce qui résiste dans ce qui frappe.

On entra dans l'aber. Benoît avait calculé l'horaire. Les petits malins et les grands marins le savent : dans la vie, il faut profiter de l'effet de siphon. L'alternance des marées est la preuve que Dieu n'était pas sûr de lui.

Au fond de l'aber, à Notre-Dame du Val, je priai les fées de mon enfance. Où êtes-vous, fées du val sans retour ? C'est l'enfance qu'on appelle « fée » quand on pleure la mort de la fée.

Devant la chapelle, un pieux calvaire montait la garde. Toujours s'asseoir au pied des croix. Pourquoi ces bornes antiques procuraient-elles le sentiment de la paix ? Pourquoi l'ombre est-elle toujours douce tombée d'un mur de pierres ? Quelque chose tient debout : cette certitude rassure dans une époque de tornade. Au siècle 21, l'air du temps diffusait la glose : le « changement » est impératif, l'« innovation » notre salut. Par contrecoup, tout *signe* vertical (arbre, clocher, calvaire de Notre-Dame du Val) semblait en sursis et recevait notre admiration. Ce qui tient attire. Nos corps s'adossaient aux piliers. Nos âmes s'adoucissaient. Ce qui passe angoisse.

L'héraldique

Sous la croix, je révisai mes vues. Ce calvaire n'avait peut-être pas tué le menhir. Peut-être l'avait-il réinventé. Et si le catholicisme celtique, au lieu d'avoir écrasé les paganismes de la bruyère, les avait absorbés pour les repenser ?

La fée avait certes reculé devant la croix. Mais son retrait exprimait autre chose qu'un remplacement. C'était peut-être une trajectoire profonde. Elle menait de l'élémentaire au complexe, du mythologique au religieux, de l'unité à la trinité. La révélation chrétienne aurait alors constitué l'application au divin des progrès de la pensée. Le menhir disait : « Je suis là, seul debout, pur autel du grand Tout. » Le calvaire répondait : « Nous sommes trois qui ne faisons qu'Un. »

Je tentai d'expliquer ces bouillies à Humann qui me suggéra de remettre de l'ordre dans mes pensées en entreprenant une randonnée de cinq heures.

Va pour cinq heures de marche par la pointe

de Roc'h Pelguent et retour. Dans nos courses terrestres, il ne fallait pas s'écarter de la côte. Passant ! Si tu t'enfonces d'un ou deux kilomètres dans les terres, tu quitteras le cordon des chenaux mystérieux et des quais du départ pour trouver la plaine au cordeau, le parfum du lisier. L'arrière-pays, c'est la vérité d'une nation sans la magie d'un rêve. La côte, elle, baigne dans l'illusion. Si l'on veut rester dans le scintillement, il faut marcher sur le fil. Un pas de côté, et c'est la fin du « Vive la mouette et l'ajonc » ! Ce sera : « Vive le maïs et l'ammoniac ! » Tout rêve nécessite ses œillères.

Le littoral celtique est une même patrie, large de quelques kilomètres courant sur deux mille kilomètres de long, de la Galice à l'Écosse. Pour parler simplement, appelons-le « bande passante du baladin du monde occidental ».

La même atmosphère régit ce ruban. Il abrite le même peuple d'oiseaux, se hérisse des mêmes rochers, se heurte au même ressac. Les clochers tintent du même métal et les yeux des hommes, délavés par la même iode, sont d'un identique turquoise. La société adoubée d'un saint chrême mêmement salé a connu un destin similaire de chagrins venus du levant et de rêves projetés au couchant. Un Asturien ne saurait se perdre dans une lande d'Écosse ni un Irlandais dans un bar de Roscoff. Un parapet peut constituer un monde.

À la pointe du Kastell Ac'h, j'accablai Humann

d'une autre théorie. Moins floue cette fois. Je la tenais d'Hugo qui la tenait de Goethe qui la sifflait aux Grecs et chaque jour à bord me raffermissait dans sa vérité. Dans *Les Contemplations*, Hugo relevait la similarité des formes de la nature et composait ces alexandrins pour signifier que la tapisserie du monde tenait à quelques simples motifs sans cesse reproduits.

> C'est tantôt l'aubépine et tantôt le genêt ;
> De noirs granits bourrus, puis des mousses riantes ;
> Car Dieu fait un poëme avec des variantes ;
> Comme le vieil Homère, il rabâche parfois.

Depuis notre appareillage des Asturies, je voyais moi aussi le même croissant de plage dans la même conque de schiste moucheté du même quartz. Puis c'était la même succession de promontoires pliés en éventail jusqu'au même horizon dissous dans la même ouate. Puis les mêmes falaises crevées des mêmes grottes ourlées des mêmes algues exhalant les mêmes odeurs d'intimités affreuses. Comme si la structure générale répétait des propositions limitées dont seules la variété des agencements et la minutie des modifications pouvaient complexifier l'ensemble.

Il ne fallait pas se leurrer ! Les ingrédients étaient monotones : pointe des caps, crénelure des roches, coiffe des graminées, vagues du sable, émulsion de l'écume. La diversité des compositions laissait croire à l'imagination de la Nature. En réalité, elle se servait d'une géométrie simple à variables infinies.

Il en allait ainsi avec l'alphabet. Vingt-quatre lettres permettaient l'*Iliade* et la recette du chou à la crème.

Mais à la pointe de Kastell, autre chose prolongeait l'intuition d'Hugo. Le rocher sur lequel Humann était assis *ressemblait* à la Bretagne. Le vent chargé d'iode l'avait découpé en trois pointes. La pierre dessinait la carte. La Bretagne était dans ses propres rocs. L'ensemble prenait la forme du détail. L'esprit des lieux avait façonné d'indentations similaires le général et le particulier. Les courants, les vents, les flux brossant l'un et l'autre dans le même sens, il était normal que chacun épousât un contour identique.

Si l'on augmentait l'échelle, la loi se répétait. L'Angleterre entière et l'Irlande avec elle tendaient vers l'ouest des pointes de même architecture que le petit rocher de Kastell. Et l'Aber-Wrac'h lui-même, large de quelques kilomètres, effilait vers l'occident les mêmes fourches à triple indentation comme la Bretagne générale et comme l'un de ses blocs singuliers.

Il y avait là un principe de métonymie géographique : la partie était dans le tout. Chacune répondait, dans sa proportion, aux mêmes effets cosmiques. La Création reproduisait à toute échelle une gamme de dessins partout identifiables. Les peintres de l'Italie baroque, pour figurer les montagnes, reproduisaient les crénelures d'un silex. Ils obtenaient la ligne des Alpes !

« Tout est dans tout » mais il était l'heure de boire un whisky sur le pont en fumant un havane. La navigation à voile n'est jamais autre chose que l'occasion d'empêcher de renverser le verre qu'on est en train de boire.

Le phare de la Vierge scanda notre soirée en faisant les carreaux de la nuit.

— Le marin, contrairement au moustique, n'est pas attiré par la lumière, dit Humann, frappé par un éclair.

Le fluctuant

— Demain on traverse la Manche, avait dit Benoît. Tu as une journée.

— Pour faire quoi ?

— Battre le merveilleux.

Un sentier bordait la presqu'île Sainte-Marguerite, à la sortie de l'aber.

Ce matin, j'appelais merveilleux tout chemin creux descendant à l'estran. Un tunnel de lumière, bordé de ronces, menant à la vie.

« La nature aime à se cacher. » Personne n'avait jamais percé le fragment d'Héraclite. Parfois, le monde se dévoile : c'est l'estran. Sur la frange découverte à marée basse fermente une pâte. Six heures au soleil, six heures sous l'eau. Quatre fois par jour, la vie se dépêche de changer de substance. Ce n'est pas long, six heures, pour accumuler les nouveaux nutriments. Six heures de photons, six heures d'iode. Six heures pour les poissons, six heures pour les oiseaux. Les crabes assurent la permanence.

Ces surfaces provisoirement découvertes

étalaient leurs bandes molles, coiffées d'algues et de flaques oubliées où se diffractait le ciel. On marchait dans la vase, entre les écueils. Six heures plus tard l'œil ne verrait plus rien de la surface où s'enfonçaient les pas.

Bachelard fermentait dans ses *Rêveries de la volonté* de profondes méditations sur les zones humides. La vie couvait. Dans l'athanor, rien ne signalait l'œuvre. Algues, micro-organismes, invertébrés, cellules, vers et arthropodes jouissaient discrètement de quelques heures d'air libre. La matrice couvait ses festins.

C'était l'empire du mou, du visqueux, du mouvant. Le flux barattait la vase. Les eaux circulaient, tièdes. Les boues dégazaient. S'écoulaient les fluides de marmites en bassines. Quelle fête amniotique ! On marchait dans le fœtus, à grands « flocs ». Héraclite parlait d'or : la maturation demeurait invisible. Ces présences étaient seulement signalées par la claudication des échassiers fous d'appétit. Comment faisaient les aigrettes pour rester blanches dans cette boue ? Supériorité de l'oiseau sur l'homme. Il patauge, ultra-sapé. Il s'envole immaculé. L'homme se salit de lui-même.

Ces explosions me suffisaient à verser *l'estran* dans les hauts lieux du merveilleux. Je marchais, vénérant la géographie du levain. Le merveilleux c'est quand l'organique est à l'œuvre, dans la plante, sous la terre, au cœur des vases : *dissimulé*.

Aux origines, la vie s'était extirpée de ces creusets pour s'articuler à l'air libre. La paramécie avait eu son heure. Aujourd'hui, c'était le tour de l'homme. On appelle *évolution* le chemin qui mène de la bactérie au pêcheur breton. Les piétons brouillaient les flaques. Des tracteurs moissonnaient les casiers dans les parcs coquilliers. En Bretagne, les rochers se mangent.

Des pêcheurs à pied, haveneau à l'épaule, traquaient la coque (elle ne risquait pas de leur échapper). Dans la plaine floue au parfum de cadavre, ils allaient lentement, de bâche en bâche, évitant le varech, chaussés de bottes jaunes, pull noué sur les épaules.

Sur la Côte d'Azur, il y a les plages à gens couchés. En Bretagne, les plages à gens debout. Au sud, on porte des marques de bronzage. À l'ouest, des rayures horizontales.

Je regagnai le nord de la presqu'île pour l'adieu à l'Aber-Wrac'h. La ruine d'un bunker occupait une éminence verrouillant l'aber. Cette passion des Allemands pour les panoramas.

Le merveilleux

On traversa la Manche cap au 330 degrés. Ce fut une affaire gentille, menée bon plein, en un seul bord, par un temps de défilé : bleu et gai. On maintint les huit nœuds, aidés par le jusant. La côte de Bretagne disparut au bout d'une heure. On se relayait sur le pont. Naviguer consiste à passer de la lecture d'un livre à la contemplation du ciel en réglant ses voiles entre les deux. Humann préparait des soupes impossibles accroché d'un bras aux barres de la gazinière. Pour les mois à venir il serait de cuisine. Il avait su accommoder le phoque du Baïkal et cuisiner du renard au Kamtchatka. On avait parié qu'il saurait nous nourrir, même sur les côtes anglaises.

Je récapitulai.

Le merveilleux jaillit sans s'annoncer. Il sourd du ciel, de l'eau, de la terre ou d'un visage. C'est un clignement. On le cherche, il se refuse ; on le veut saisir, il a disparu. Il est difficile à capter, encore plus à définir. Le peintre y réussit un peu (Monet à Pourville) parce que le pinceau rend la vibration. On a intérêt à se tenir aux aguets.

Le passé est solennel, il n'est pas merveilleux. L'avenir non plus, qui n'existe pas. Goethe à Eckermann : « Tenez ferme au présent, toute circonstance, tout instant est de valeur infinie car il est le représentant de toute éternité. » Le temps se compresse. Reste un dard. Sa piqûre s'appelle le merveilleux.

Le merveilleux surgit du réel. Nul besoin d'associer la splendeur d'un lieu, ni l'électricité d'un moment à une construction de l'imagination. La dryade ne rehausse pas le sous-bois, ni la naïade la fontaine. Tout juste le kitsch excite-t-il l'esprit paresseux. Faut-il une nymphette pour s'émouvoir d'une source ? Le merveilleux est ce qui suffit dans ce qui se donne. Goethe encore, dans *Le Divan* : « Ce point où la vie se réjouit de la vie. »

Le merveilleux n'a pas de sources culturelles. Émanation sans cause, rayonnement débarrassé de ses pourquoi, on ne saurait l'arc-bouter aux références. Demain, saurai-je regarder la mer sans convoquer Homère ? Goethe toujours : « Le gâteau plaît à l'enfant sans qu'il ne sache rien du pâtissier. »

Le merveilleux attend l'œil. Qu'est-ce que le regard ? La pauvre aumône de l'homme à la nature. Souvent, personne ne considère ce qu'il a sous les yeux. Et la roue de l'actualité – bruit et laideur, chiffres et raisons – continue à tourner, écrasant des hommes ivres d'envie, farcis de projets, grimés de fard, fous de malheur, parfaitement aveugles.

La Manche possède deux vidanges et les Anglais n'ayant jamais manqué de raisons de quitter leur île trouvent là deux échappatoires. Des cargos « montaient » et « descendaient » le rail. Comprendre par là qu'ils embouquaient le Channel vers l'est ou vers l'ouest. Ils apparaissaient, s'évanouissaient. Ils portaient nom de femme. Emma Maersk et Lady Astrid clignotaient devant leur traîne blanche.

Heures au carré sur la table inclinée par la gîte. À bord comme en montagne : la vie en pente. Écrire et naviguer : approfondir la surface. Sur mon carnet, je jetais un portrait des Celtes : « Accourus de l'Est, arrêtés au bord de la lumière, disparus sans écriture, préoccupés de la mort, priant les dieux multiples et bornant leur empire aux tracés des domaines paysans. »

À bord, nous lisions Eugenio Corti. Le guerrier italien donnait de l'esprit slave une définition contraire à la nature celtique : « Le sentiment d'inutilité de la lutte contre le destin. » Comment croire qu'on pèsera sur la vie quand le regard, aspiré par les steppes, ne trouve jamais à s'arrêter ? À l'Ouest, c'est le contraire : les comtés se divisent en marqueterie. L'œil mesure l'univers dans la grille du bocage. Chaque ferme est un monde. Le seigneur règne sur un clos. La vie s'arrête au muret. Dès lors, on peut espérer agir sur le destin car l'espace n'est pas infini ni l'ambition illimitée.

Mais l'Est n'est pas l'Ouest. Le merveilleux n'est pas l'immense. L'un se conçoit. L'autre échappe.

Rivé à son poste tribord, Benoît racontait la vie à Saint-Barth sur le pont des voiliers avec femme et enfants. Il vivait là des années provisoires, pour économiser de quoi s'acheter le bateau de ses rêves. Il promenait les touristes du *cauchemar climatisé* dans des lagons en plastique. Businessmen russes et nouveaux riches ukrainiens prisaient les îles turquoise. Ces gens-là, en grande inimitié dans les plaines du nord de la mer Noire, se réconciliaient dans leur goût commun pour la langouste et le spa. La vulgarité, seule langue universelle. Les Américains, eux, ignoraient le clair-obscur. Henry Miller l'avait dit : le nouveau monde c'est la vie berlingot. Les clients préféraient le spectaculaire au merveilleux, ce qui s'achetait à ce qui se découvrait. Benoît : « Un jour, j'emmènerai mes filles faire le tour du monde. » Elles n'avaient connu pour l'instant que la vie au mouillage dans le roulis permanent de Saint-Barth. « Pour elles, il est normal de vivre cramponnées aux tables. » Un enfant s'habitue à l'agitation. Sur la côte caribéenne, les vacanciers séjournaient dans les villas. L'armada des employés saisonniers, elle, dormait à l'ancre. La lutte des classes s'inscrivait dans une nouvelle dialectique du stable et du roulant. Les riches, à terre. Les prolos, à l'eau.

La côte anglaise apparut au soir tombant. Le cap des Cornouailles s'étirait vers le sud-ouest. Le disque jaune frôlait le fil de falaise. Les teintes du soir captivaient les fous de Bassan. Ils formaient des escadrilles face aux feux. Fous oui, mais de goût. La mer devint mauve.

Un trimaran déboula sur l'arrière et nous dépassa par bâbord. Nous allions huit nœuds, il marchait cinq fois plus vite. « C'est le trimaran de François Gabart, dit Benoît, à l'entraînement. » Le navire fusa dans le couchant de toute sa toile noire : l'ombre d'un scarabée d'or. « C'est humiliant, dis-je, cette impression de naviguer à bord d'une enclume. » « Est-ce qu'ils auront le temps de virer avant l'Angleterre ? » demanda Humann.

Trois heures plus tard, nous touchions la baie de Penzance et, dans l'obscurité, jetions l'ancre sous les murailles gothiques du St Michael's Mount. Sa masse sombre semblait plus obscure que la nuit. La lune adoucissait le lavis.

Minuit : le voilier roulait un peu, dominé par le mont. Au sommet d'une tour, une lucarne était allumée.

Un étudiant enfermé dans la tour devait écrire une lettre d'amour en alexandrins gothiques.

Peut-être lisait-il Geoffroy de Monmouth à la lueur d'une chandelle ?

— Ne descends jamais du bateau, dit Humann, tu serais déçu.

III

En Angleterre

mer d'Irlande
Dublin
IRLANDE
île Bardsey
Le PAYS DE GALLES
Canal St_Georges
Fishguard
vers Cork
St David's
PEMBROKSHIRE
ANGLETERRE
île de Skomer
Bristol Channel
MER CELTIQUE
Tintagel
CORNOUAILLES
St ives
Land's End
St Michael's Mount
La Manche
N
1 : 2 500 000
Notre navigation
Nos incursions à pied et à bicyclette

Les fleurs

La Bretagne nous avait appris à regarder. On allait s'exercer en Angleterre. À pied, il faut deux jours et demi pour rejoindre St Ives en partant de Penzance le long du finisterre des Cornouailles. Le sentier sinuait le long de la falaise : un serpent de mer. Aucun panonceau administratif n'expliquait au promeneur qu'il était dangereux de faire ceci et interdit de faire cela. Le commentaire du paysage par le bureaucrate n'avait pas encore passé la Manche. De l'autre côté, en France, le pictogramme avec illustration semi-débile avait envahi les campagnes. « Regardez par ici, ne cueillez pas cela, ne vous couchez pas là, surtout n'approchez pas, sachez que 92,3 % de ceci produit 1/10 de cela. » La tonalité finale de ces objurgations tendait à ceci : « Pour votre confort et votre sécurité, rentrez chez vous. »

Je marchais vers les confins du Royaume prétendument uni : « *Land's end* », ou la chute de l'Occident. Les foulées rebondissaient sur la terre. La bruyère, ce caoutchouc. J'allais à pas de Sioux sur le SWCP (South West Coast Path). Le paysage était un rêve celtique, vu par les romantiques : une suspension dans les genêts, légèrement kitsch, soutenue par des orgues basaltiques.

On traversait des tranchées ouvertes dans des murailles de fougères. On franchissait un vallon percé de soleil. Cascadait un ruisseau entre les asphodèles. Des fleurs s'abreuvaient aux margelles. Des sous-bois vert tendre faisaient des berceaux de fées dans les renfoncements du relief. Des tapis de jonquilles doraient le socle des rochers. L'herbe avait des airs de moquette très Agatha Christie. Il ne faut pas en vouloir aux vieilles dames anglaises. Ici, même la nature fait de la décoration intérieure.

En contrebas, les rochers prenaient forme de profils humains ou de pauvres épaves. Chacun était affublé d'un nom sur la carte. La mer s'argentait. Au fond des anses, des plages claires paraissaient tropicales. Seule différence : le sable buvait une pluie froide.

Passait un monsieur en tweed kaki, flanqué de son setter. Il vous saluait sans un regard avec une obséquiosité proportionnelle à sa parfaite indifférence. La déférence anglaise a sa magie : rendre l'interlocuteur invisible. L'Anglais a compris une vérité humaine : « Je te parle très poliment. Pour que tu te casses, *indeed.* »

Les sentinelles

À quelques kilomètres de la fin des terres des Cornouailles, une tourelle se dressait au bord de la falaise. Sur le linteau, un placard de lettres noires : « National Coastwatch Institution » (NCI). En 1994, l'association avait semé sur les rebords du pays une soixantaine de postes de guet. Face au large, un vieux gardien souvent flanqué d'une jeune recrue surveillait l'horizon. Ils étaient bénévoles et passablement mutiques.

Le principe : ne jamais quitter l'océan des yeux. « *Keep an eye* », disaient-ils dans cette langue qui n'a pas de temps à perdre. Il s'agissait de la version noble du programme de nos périphéries françaises « voisins vigilants ». Les uns faisaient fanal pour les âmes en peine. Les autres épiaient le croquant derrière les haies de thuyas.

Dans les églises, les lumignons votifs assurent la « présence réelle ». La flamme du Christ ne s'éteint pas. De ces hunes, tombait sur la mer un regard permanent. Les marins le savaient : posté là-haut, un homme demeurait. La *présence* ne garantissait pas d'échapper au naufrage. Elle offrait la certitude de se savoir veillé. Elle donnait le sentiment de la sécurité. Peut-être était-ce une illusion ? Qu'importe l'illusion quand elle offre secours. Ce qui demeure sauve.

J'aimais me convaincre de cette idée. Depuis trente ans sur la route, je remâchais la supériorité des invariants sur les agitations du monde. Quand on manque d'ordre, on tente de le faire entrer en soi en s'extasiant sur les systèmes ! Pour cela, les livres, les ruines, les arbres et les parois m'attiraient : ils se maintenaient, je tournicotais. Leur contemplation palliait mes déficiences. L'homme cherche à combler le gouffre de ses manquements en vénérant ce qu'il n'atteindra pas.

Le gardien – barbe blanche, casquette sombre – me fit entrer dans le poste. C'était une cellule ouverte sur le ciel. Baies vitrées à 360°, table immaculée, parfum d'encaustique : la simplicité claire des passerelles de la Marine.

Sur les tables, des jumelles, des appareils de transmission, un cahier de notes où l'homme de veille inscrivait ce qu'il avait vu, rien la plupart du temps.

Parfois, le veilleur apercevait un navire en détresse. Il avertissait les gardes-côtes. Chaque année, cent naufrages étaient évités.

Dans les années 1990, excité par une femme très stricte, le gouvernement britannique avait fondu sur les corps d'État. Les gardes-côtes avaient subi des coupes sèches. La réforme avait remplacé les hommes par la cyber-vidéosurveillance. Ce siècle avait cent ans, déjà la caméra perçait sous le banquier.

Mais un soir un chalutier s'était échoué à la pointe Lizard, au sud des Cornouailles. Il n'avait pas été repéré par les systèmes automatiques. Des dizaines de marins avaient péri. C'était la vieille histoire des hommes. Depuis Homère, les bateaux s'échouaient, les marins mouraient, les femmes pleuraient et leurs enfants remontaient à bord de nouveaux bateaux que les armateurs (au sec) s'empressaient de remettre à l'eau.

Cette fois, les naufragés accusaient le système. Seul l'homme peut sauver l'homme, disaient les noyés du cap Lizard. Remplacer, c'est périr.

L'indignation fut générale. Déjà, la matrice techno-virtuelle annonçait les ravages qu'elle ne manquerait pas d'opérer pendant trente ans dans les sociétés humaines. En 1994, des hommes libres (ils *chérissaient* la mer) créèrent la NCI, noble réponse à la broyeuse. On avait chassé les hommes du haut des promontoires ? La NCI les y ferait remonter. Margaret T. voulait qu'on regardât le veau d'or ? On regarderait la mer.

À l'époque où le microprocesseur commençait à arraisonner les existences et à détourner les regards, les fondateurs imaginèrent un corps de gardiens des vagues. Objectif : scruter le vide. Veiller le ciel. S'assurer qu'il ne se passe rien. Le noter. S'en réjouir.

Peut-on imaginer plus féroce critique de la passion pour l'onanisme cybernétique ? Désormais, à chaque fois que je passerais devant une vigie de la NCI, j'éprouverais le sentiment de croiser une base amie. Ici, des hommes se tenaient aux aguets devant l'ineffable.

— Veilleur, où en est la mer ?

— Elle dure.

— Qui va là ?

— Personne.

— Que se passe-t-il ?

— Rien.

— Qu'en conclure ?

— Tout est heureux car rien ne change.

Sur les falaises, les cormorans séchaient leurs soutanes. Les pétrels, accrochés aux parois, blanchissaient les schistes noirs. Les oiseaux tendent leur linge en famille. De promontoire en promontoire je marchais deux jours encore jusqu'à St Ives. Les têtes de roche se succédaient, en rang, en ordre, en ligne : des flèches décochées une à une par la terre dans la mer. Après la pointe noire une autre pointe noire. Il y avait toujours un cap en réserve.

Je croisai une colonne de vieilles dames anglaises à cheveux bleus et vestes roses : des hortensias vivants. Elles parlaient moins fort que les Italiennes mais semblaient toujours ravies.

Parfois un village s'avançait près de la falaise. L'herbe fauchée teignait les champs d'un vert pâle. L'air sentait le jus de sureau. Une pointe âcre dans la vapeur iodée.

À Pendeen, une rupture dans le paysage. Un vallon ravagé signalait une ancienne exploitation de cuivre. Des parcelles de terre fouillée il y a cent ans descendaient à la mer. Les carreaux de mine désolaient la zone. En arrière-plan, un village cubique et gris avait servi de base au prolétariat. Le jour, les « hommes-machines » (le XIXe siècle avait misé sur l'expression) creusaient les filons de cuivre et rentraient le soir se tuer à la bière sous les toits d'ardoise. Dickens, Marx et Thomas de Quincey avaient compris que la chaudière exploserait un jour. Les Russes l'avaient fait sauter en 1917 pour inventer un système encore pire. Devant la déprédation, me revenait le cri de Lady Chatterley. La pauvre petite sentait le printemps lui fouiller les entrailles. Face aux chevalets de la révolution industrielle, au ciel assombri et au sol retourné, elle avait dit, navrée : « Qui a voulu cela ? » On cherchait toujours la réponse.

Au cap Gunard, je grimpai sur les rochers pour fumer un gentil cigare humidifié à l'iode. Vers le nord, des colonnes de fumée s'élevaient sur les pentes, au-dessus des falaises : la tourbe était en flammes. Dans ce monde, même l'Angleterre brûlait. Oswald Spengler savait-il que l'Occident prendrait feu ? Un hélicoptère des *coast guards* survola ma position et tint le surplace, à trente mètres. Dans le cockpit, je voyais le visage des pilotes. Je crus qu'ils venaient pour moi. J'éteignis mon havane. On ne me regardait pas. Les gardes étaient venus surveiller les tourbières. Les flammes ne gagnèrent pas les fenaisons.

Des villages se succédaient au fur et à mesure que j'approchais de St Ives. Le soir tombait facilement. Les champs inclinaient tendrement leurs marqueteries de pastel vers la mer. Soudain c'était la falaise : fin de l'agriculture. Sur la carte, chaque muret était dessiné. Dans l'Angleterre humaniste, l'enclosure était la religion. Le libéralisme paysan n'avait pas muté en capitalisme abstrait, on pouvait faire le tour de ce qu'on possédait. De cette passion contenue, demeuraient les murets. Ils matérialisaient la petite seigneurie, trésor du premier libéralisme.

Ce soir-là, au bivouac, sur le tapis d'herbe des secondes fenaisons, je sus que j'avais choisi mon camp : le *remember* plutôt que le remembrement.

L'unité

Rejoignant le bord, je racontais mes journées de marche à Humann et Benoît. Ils me disaient leur navigation. Chacun avait progressé parallèlement à l'autre. Les mouillages faisaient les points de contact de nos sinusoïdes. Ils enviaient mes bivouacs. Je regrettais d'avoir raté les manœuvres au bout du cap. On se consolait en trinquant. Le pont arrière faisait le salon où l'on cause. Un voilier : moulin à paroles.

De Penzance à Tintagel, navigation nerveuse. Humann inventait des techniques de retournement des crêpes dans le roulis. Benoît tenait le cap. Je m'accrochais à mes livres. Nous longions la côte. Plein ouest puis plein nord. À tribord, je revoyais la marche des jours derniers. Il y avait un moyen simple de vivre trois fois : il suffisait de se munir d'un calepin et d'un voilier.

D'abord on longeait la côte à pied.

Puis on le racontait dans son journal.

On revenait en bateau vérifier qu'on n'avait rien oublié.

À Land's End, « on vira pour tourner les Cornouailles ». J'aimais dire des choses comme cela qui faisaient très *spécialiste* des choses maritimes. Les courants cabrèrent le bateau. Parfois, dans les rafales, une décharge électrisait la coque. La mer transmettait sa jeunesse à la masse. Le bateau frémissait. La joie d'un cheval ébrouant sa liberté à la sortie du pré.

« On fait du nord », dit Benoît. Belle expression de marin. On aurait cru une devise de nuage.

« Tesson, à l'eau dans cinq minutes ! » Au soir tombant, Humann jeta l'ancre sous le promontoire de Tintagel. Cette pointe était un berceau. Là, naquit le roi Arthur. La mythologie s'appuyait, elle aussi, sur les promontoires. La question était de taille : tout commence-t-il ou finit-il à la pointe ?

Les vagues rendirent l'accostage acrobatique. À bord du petit zodiac, Benoît me jeta sur les rochers noirs. Ainsi mettions-nous au point nos techniques d'exploration amphibie de l'arc féerique. J'avais deux heures pour rembarquer avant la nuit. Je grimpai par un couloir d'herbe à araignées et suivis le fil des falaises vers le nord, le vide à gauche, et la lande du côté de mon oreille sourde. Au retour vers le sud, je n'entendrais plus le ressac. Les sourds d'une oreille possèdent une arme : ils peuvent choisir ce qu'ils veulent entendre. Ils ne s'asseyent pas n'importe où à table.

La terre acide était élastique. Le pied rebondissait. Une végétation humide cascadait du haut des parois. L'air était soyeux, la falaise haute. Il convenait de ne pas trébucher. Courir sur les falaises procure une illusion de légèreté. On se prendrait pour le Peer Gynt d'Ibsen, errant dans les steppes. Courir rend fou. Ou bien est-ce la folie qui fait courir ? S'échappant, on croit échapper à soi-même. On accélère, on est toujours le même.

La lumière du soir allumait les graminées. L'écume des herbes ourlait le vide. Le château était construit sur un éperon séparé de la côte par une entaille, relié par une passerelle. Cette plate-forme tenait du dessin de Hugo et de la description de Jules Verne. Quand réussirais-je à ne plus verser mes souvenirs de lecture au paysage ?

Sur ce plateau suspendu, la légende situait la naissance du roi Arthur. Exista-t-il seulement ? L'historiographie mentionnait un seigneur du nom d'Arthur, à la fin du Vᵉ siècle après Jésus-Christ, dans le pays de Galles ou quelque part au sud-ouest de l'Angleterre. Homme de guerre, il aurait fédéré les troupes et mené la bataille contre les barbares – entendre par là toute bande venue de l'est.

Sept siècles plus tard, les poètes s'emparèrent de ces informations fragiles. Au XIIᵉ siècle,

Geoffroy de Monmouth, sorte de Virgile atlantique, dans son *Histoire des rois de Bretagne* inventa de quoi réjouir les enfances modernes : la naissance bâtarde du roi Arthur à Tintagel, Uther Pendragon son père royal, l'enchanteur Merlin, l'épée Excalibur. Et la mort d'Arthur à Avalon.

Puis Chrétien de Troyes versa à cette histoire le mystère du Graal, la foi catholique, et l'ordre de la Table ronde. Il peinturlura le mythe avec les motifs de sa propre époque. Il fit de la cour d'Arthur la capitale de l'esprit chevaleresque. Le tout, baigné dans la merveilleuse phosphorescence du paganisme forestier. Il mit le fantastique dans le réel, et versa la foi chrétienne dans la mixture.

Arthur rassemblait les siècles, compressait la profondeur du temps, assurait le continuum, et synthétisait les époques.

Résumons : les peuples des promontoires venus de l'Europe centrale avaient diffusé leur mythologie pagano-tellurique sur le rebord occidental du continent avec dieux de l'orage, cultes souterrains et tertres funéraires.

Les Romains avaient ordonnancé la société celte, le christianisme structuré les âmes, le catholicisme adouci les corps. Ces terres étaient devenues des champs de récolte et des champs de bataille contre les invasions.

La chevalerie du XIIe siècle eut besoin d'une figure fédératrice. Ces événements avaient annoncé Arthur. Il naquit en littérature.

L'Arthur romanesque, ramassant les traditions, combattit pour le Christ dans les forêts magiques, avec enchanteurs et dames blanches. Il arriva nimbé encore du mystère des bois mais symbolisant déjà par sa souveraineté la figure de l'absolutisme royal. Il symbolisait la lutte contre le désordre féodal et préparait ce grand rêve – le plus long de l'histoire et le plus impossible : l'unité.

Ainsi, un hobereau de bocage, teigneux comme l'ajonc, devint-il un archétype par intussusception de motifs agrégés en rosace autour d'un noyau.

En réalité, ce roi de légende n'était qu'un arbre de Noël : on lui faisait porter la guirlande qu'on voulait. Geoffroy de Monmouth servait les intérêts de son souverain Henri. Chrétien de Troyes en fit l'étendard de la chevalerie. Ils inventèrent tous les deux au passage le roman moderne.

En Bretagne, autour de la cour arthurienne, une constellation de nobles cœurs, cherchant l'amour et l'aventure, porta très haut les vertus magnifiques d'un siècle indépassé : le XIIe. Désormais, les rois pouvaient compter sur le symbole. Plantagenêts et Capétiens ne se privèrent jamais de s'en revendiquer. Proche encore des vieux mystères, tout juste débarrassé de la peau d'ours pour revêtir l'étole, abreuvé mêmement à la source des fées et au calice du Christ, Arthur se sertissait dans le blason de l'Histoire, entrelaçant les sources. Désormais, le cœur européen possédait son artère de l'Ouest. En plus de celui d'Athènes, de Rome et de Jérusalem pulsait désormais le sang de Tintagel.

Les romantiques du XIXe siècle arrivèrent. Ils reconnurent cette aventure. Cela changeait des Vénus en marbre et des Vierges italiennes. Ils revivifièrent la tradition en y versant leur sensibilité de spirite et leur goût néogothique. Arthur assurait la navette entre les Celtes, les rois catholiques, l'esprit romantique. Trois coups : l'épée, la croix, la plume.

Un roi imaginaire sert à cela : unir les forces trop nombreuses, calmer la méchanceté, rassembler les facettes des géographies pour offrir à l'avenir un vitrail qui porte le nom d'Histoire.

Ainsi une époque exista-t-elle où la splendeur des reines, le silence des dieux, le courage des hommes et la bonté des bêtes fondaient la société.

Oui ! le monde fut un jour conduit par un principe darwinien hérité de la Grèce antique et très oublié aujourd'hui. Ce principe disait : seules triomphent en ce monde la bonté, la beauté et la force. Dans le tournoi, la plus belle revient au plus vaillant.

Au-delà de l'éperon, une église avec un panneau : « prière de fermer la porte pour éviter que les oiseaux ne soient pris au piège ». Dans le cimetière reposaient des enfants de treize ans :

« *My beloved* », disaient les stèles. On imaginait des sœurs Brontë ensevelies, filles de la ronce et du psaume pleines de regards inquiets et de poèmes indicibles. Je revins à la grève. Sans déchirer le canot, Benoît me récupéra sur le haut d'une vague et nous appareillâmes vers le pays de Galles. On distribua les quarts. J'héritai du trois-cinq heures. Je ne serais pas seul.

À bord et dans mon cœur j'avais embarqué le roi.

— Je te laisse avec lui, dit Humann, je vais retrouver le mien.

Après un mois de navigation, il commençait à s'amariner et pouvait songer à ouvrir un livre. Benoît s'abîmait dans Lévi-Strauss. Humann découvrait le cycle arthurien et la quête du Graal par les chevaliers de grand chemin : « Ils ne savent pas ce qu'ils cherchent, ils ne trouvent pas ce qu'ils veulent, ils ne veulent pas que ça s'arrête. »

— On dirait nous, dit Benoît.

IV

Au pays de Galles

Le paysage

Un peu avant trois heures du matin, Humann me réveilla. « L'heure de ton quart ! » La nuit était compacte, le foc bordé, la grand-voile envoyée.

Nous allions à six nœuds réguliers, au 300°. Humann me passa la plus belle des informations : « Rien en vue. » Un programme pour vie heureuse.

À la barre, mon travail consistait à maintenir le bateau en équilibre. Je restais debout, ajustant à peine une écoute, modifiant parfois le cap d'un degré pour le rétablir aussitôt. J'allais passer deux heures, soucieux que rien ne change, heureux que rien ne bouge.

La mer, la nuit, le vent.

Seule, la très légère oscillation du mât. Et les pensées secrètes.

Symbole d'une politique parfaite : ne toucher à rien. Ne rien faire est un art difficile. « Pas un geste ou vous êtes mort », entendait-on dans les westerns. Une recommandation de philosophe.

La bonne politique, comme la navigation, résidait dans la suspension. La révolution commençait quand on tapait un écueil. Alors, tout se déchirait. Dans le triptyque baudelairien « luxe, calme et volupté », le mot important était calme.

Quand on prend son quart en bateau par une nuit sans événements, on a intérêt à enfiler sa brassière et posséder une question à moudre. Sinon, l'ennui. Cette nuit, entre Tintagel et l'île aux oiseaux de Skomer, j'avais mon sujet : où trouver l'axe menant des mégalithes aux Celtes, des Celtes aux chevaliers d'Arthur et des chevaliers au panceltisme littéraire ? Qu'est-ce qui liait ces scansions ? Où résidait la continuité ?

Walter Scott, Hugo et Michelet – attelage de tête du romantisme historique – n'y étaient pas allés de main morte dans la synthèse. La continuité, ils l'avaient trouvée car ils ne s'embarrassaient pas d'exactitude. Ils avaient composé des fresques rapides et sublimes, rassemblant les siècles, depuis les mégalithes jusqu'à la Révolution française.

Ils avaient pris les millénaires atlantiques et tout mêlé. Dans le même chaudron : les fées, les rois, les dames à la tour, les dragons et les bardes, les spectres et le Christ. Le romantisme est une ratatouille dont le style rachète l'approximation.

Cent ans après *Les Contemplations* d'Hugo (menhirs et tempêtes), Louis Aragon dans *Brocéliande*, poème de 1942, avait recommencé une grande synthèse de l'Ouest. En quelques alexandrins, il avait convoqué licornes, chevaliers et lutins. Contrairement à Hugo, il avait avoué la méthode : « Ma Mémoire est un chant sans appogiatures. [...] Et le refrain qu'il moud vient du cycle d'Arthur. » Sans *appogiatures* ! Il rassemblait sans complexes la grande valse des landes.

Les alignements de Stonehenge constituaient l'exemple parfait de la récupération d'un moment par un récit. Édifiés dans la mystérieuse énergie indo-européenne, ces mégalithes avaient inspiré les légendes des géants celtes, alimenté la création tardive de Merlin, servi d'assise au renouveau breton, puis peuplé les poèmes du XIXe siècle. Leur ombre continuait à attirer la jeunesse biberonnée au glucose global où se mêlaient la Pachamama, les soucoupes volantes et les basses des groupes de *hard metal*. La grande bouillie planétaire avait son temple. Quinze mètres de haut.

Moi, c'est dans le paysage que je plaçais le lien des époques. Cinq millénaires conduisaient des dolmens à l'indépendance de l'Irlande en passant par la quête du Graal. Ces chapitres recelaient la même essence océanique. Cette géographie sonnait un assaut permanent : la houle sur les falaises, les oiseaux sur les roches, le vent sur la lande, les herbes sur les haies, les mèches sur les épaules, les chevaux dans les bois, les chevaliers au tournoi, les spectres dans les âmes et le lierre sur les ruines. L'Ouest est une ruée.

Et de la contemplation de cet ondoiement était née une vibration. La même harpe avait fait naître une civilisation de leveurs de pierres puis une société de forgerons belliqueux, puis des clans de petits seigneurs paysans, puis des royaumes chrétiens, puis des sociétés de protestants industrieux. Le temps tramait ses nœuds. Le paysage assurait la navette. Le métier à tisser s'appelait l'Histoire. L'étoffe était la nature. Le poète dessinait le motif final. « Rien ne passe après tout si ce n'est le passant », concluait Aragon. Tout passe et tout s'efface si ce n'est le poème, répondait la mer.

Puis le vent forcit, mon quart s'acheva, je réveillai Benoît, l'aube se leva, tout se mit à claquer dans un bruit insensé. L'île de Skomer apparut et Humann avec elle, qui s'évertuait comme chaque jour à tendre les écoutes du canot pour éviter qu'il ne rejoigne les fulmars dans le ciel.

La profusion

Le bateau craquait. La mer croisa ses vagues. On affala, on gîtait toujours ; on réduisit, on accélérait encore. On frôla les falaises vers le mouillage du nord. Le sommet de l'île se dévoila dans la brume. Je revoyais les gravures de vaisseaux naufragés des éditions Hetzel de Jules Verne.

Les crêts se hérissaient de clochetons. Des grottes crevaient les parois. Les coulées de plantes frappaient de bronze les orgues écroulées. Dans l'imaginaire celtique, le paradis se situait sur une île, comme l'Avalon d'Arthur. À chaque île son être propre. Mort, on s'y retirait. On avait l'éternité pour en faire le tour. Pour l'instant nous étions vivants, c'est-à-dire trempés.

Au pied des faces, les guillemots guettaient, près de la ligne de houle. Parfois leurs colonies étaient agitées de spasmes imprévisibles. Soudain des milliers d'oiseaux volaient autour de nous. Des macareux fusaient, des fulmars plongeaient. Un goéland passait. Les mouettes semblaient inquiètes (resterait-il du poisson ?). Les phoques vautrés dans le varech assistaient à ces ripailles : *fat pride* dans le goémon. Le phoque, contrairement à l'Anglaise, n'essaie pas de perdre du poids avant l'été.

Le soleil pétillait dans les nuages de plumes. Le vent semait ses oiseaux par poignées. Ils ébouriffaient le ciel. La vie explosait sans entrave mais sans trop-plein. Rien ne semblait contraindre la prodigalité de l'île. En arrière-plan, elle reposait, matrice calme. Ce soir, elle rassemblerait son équipage sur ses flancs, pour une nuit de plus.

Nous frôlâmes les rochers à cinquante mètres sur notre tribord. Cette phrase a certainement été inscrite sur des journaux de navigation qui reposent à présent par deux cents mètres de fond.

Au mouillage, heures ravissantes. La baie, profondément creusée, offrait un port rêvé. Un voilier par grand vent ressemble à un petit monsieur effaré cherchant à s'engouffrer dans les cuisses maternelles.

Sur les parois de calcaire, sur le dos des chevaux kazakhs, à bord des motos russes, j'avais souvent rêvé à des après-midi studieuses à bord d'un bateau, avec la pluie pour légitimer une journée de lecture.

Sous la coupée, je fumais un havane produit de l'autre côté de l'Atlantique et humidifié de ce côté-ci. Au carré, j'apprenais les alexandrins du *Brocéliande* d'Aragon.

« La vie est une avoine et le vent la traverse », bâbord.

« Et le monde est pareil à l'antique forêt », tribord.

« Mais le bel autrefois habite le présent », bâbord.

Le bateau roulait. Le café fumait. La cendre tombait. Preuves que le temps passait. Nous vivions sur le battant d'une horloge.

La mélancolie

Les îles sont des rêves. Elles apparaissent à l'horizon. Elles disparaissent. Qu'y avons-nous vécu ? La vie décompte-t-elle les heures passées sur une île ?

Benoît me débarqua au sud de St David's. On était rompu : il visait un rocher, y bloquait la proue du canot, moteur relevé. Je sautais et d'un coup de pied le renvoyais le plus loin possible vers le large. Benoît : « On fera cela de nuit une fois : de la vraie dépose commando. »

J'essayais de couper par la campagne pour rejoindre St David's. Dans un pays de bocage, « couper par la campagne » est une idée funeste. Aller par la forêt, aller par la montagne n'est déjà pas facile. N'est pas Hugo qui veut. Mais tracer dans les bocages est presque chose impossible. Je m'égarais dans les enclosures, donnais dans les murets et les herses de ronces. Soudain, devant moi, une vieille dame anglaise et multicolore (sous la pluie, les dames anglaises jaillissent comme des champignons hallucinogènes).

Je tendis le doigt devant moi.

— St David's, c'est par là ? dis-je.

— Non, dit-elle, par là. Vous continuez, vous verrez un château.

Continuer et voir un château. Une bonne définition du pays de Galles.

Dans la cathédrale gothique de St David's, des jeunes femmes grises et longues appartenant à un chœur paroissial travaillaient des cantiques brittoniques, lugubres à souhait. La langue gaélique est un gargarisme d'elfe enrhumé. Deux jours entiers, je longeai la côte à pied jusqu'à Fishguard.

L'océan couvait sa dépression. La pluie atténuait le roulement des vagues. Au sud ondulaient des blés clairs.

Parfois, un cercle de pierres dressées. Le mégalithe était une réponse à la météorologie atlantique. Les pierres dressées ruissellent depuis cinq mille ans sans fondre. Dans le vent violent, elles seules ne bougent pas. Le soir, je montai ma tente (huit cents grammes) sur une plate-forme d'herbe, à cent mètres au-dessus des phoques. Le paysage diffusait son extrême mélancolie. Les arches perdues et les tours ruinées, les grands à-plats vert-de-gris coupés de barbelés, les criques rongées d'écume, les nacres des toiles d'araignées dans les ajoncs noirs : tout exhalait les temps engloutis. La tristesse expliquait le mythe arthurien. Étranglé de peine, au bord du paysage mort, on attendait le retour du roi. Un jour, Arthur se réveillerait. Le règne reprendrait. Les ronces reculeraient. Alors, le royaume endormi s'ébrouerait dans la joie.

L'arthurisme est une espérance. Le Celte, un homme de patience. Chaque soir il voit le soleil mourir dans la mer et chaque matin revenir. Il sait que la houle bat, que la nuit ramène le jour, que la marée se retire et remonte. Sur le promontoire, il attend. Si la mer recommence, le roi reviendra. Rien n'est jamais perdu pour qui sait regarder la mer en face.

Les dolmens

Je coupai par les forêts du Pembrokeshire, laissant au nord la péninsule de Strumble. À St Nicholas, j'avisai un menhir isolé. Ce plaisir de jeter quelques lignes dans son carnet assis contre une pierre qui a attendu cinq mille ans pour vous servir de dossier.

Le voilier mouillait dans le port de Fishguard, vert de vase. Humann et Benoît avaient mis sept heures depuis St David's. Sept heures contre deux jours de marche.

Nous avalâmes un *fish and chips*, sorte d'éponge portuaire à l'huile et à l'encre de journal. Attablés sur la terrasse, des Britanniques avalaient cette abomination sous la pluie tiède. Nous nous repliâmes au Fishguard Arms, pub de vétérans. Au mur, des fanions. Entre les fanions, des gravures de bâtiments de la Royal Navy et ce placard de lettres gothiques : « *Every man should marry. Happiness is not the only thing in life* ». De vieux messieurs pâles buvaient des mixtures noires. Un jeune mec édenté était au milieu d'eux et racontait des histoires de moteur de bateau. Le bois, la bière, le cigare, le *fiddle* et la serveuse anglaise aux ongles mauves : la bonne vie blonde. Cette après-midi, derrière le comptoir, la fée portait un legging léopard et un bourrelet piercé sous le body rose.

Le Pembrokeshire est une constellation de mégalithes. En gaélique, un tertre aux divinités s'appelle un *sidh*. Quand les temps reviendront, les dieux enfouis sortiront de terre et reprendront les rênes du monde. En attendant, l'œil court sur la lande et repère les reliefs de la dormition.

Ce matin à Fishguard, Benoît et moi partîmes à bicyclette pour un passage en revue des tertres et dolmens. C'est Thomas Edward Lawrence – le Lawrence d'Arabie de l'avant-guerre – qui m'avait appris à pratiquer ce genre de tournées épuisantes. Avant la Première Guerre mondiale, il avait fait le tour de France à bicyclette pour étudier l'architecture défensive des châteaux féodaux. Au Liban, en Syrie, il avait relié à pied les fortifications et les donjons des croisés pour documenter sa thèse. Avaler des dizaines de kilomètres dans le seul objectif de rendre dévotion à des ruines constituait une manière très britannique de s'esquinter.

Nous roulâmes vers les pierres entre les murets des routes, à travers la campagne galloise, tenue comme un intérieur privé. À Severn, dans un jardin, trois générations d'une famille entretenaient le jardin privé, c'est-à-dire l'univers. Le grand-père tondait, la mère taillait, le fils ratissait. Un petit chien blanc inspectait les travaux sur un gazon fluo. Ô jardins, ô Anglais.

À Newport, le dolmen miniature de Carreg Coetan Arthur portait sa lourde coiffe d'un geste nerveux. Le dolmen de Pentre Ifan était plus impressionnant : seize tonnes levées à trois mètres du sol. Ces monuments funéraires consignaient un mystère. Pour qui avait-on dressé les tables ? Représentaient-elles le cosmos : le ciel porté par les piliers de la terre ?

De ces pierres flottantes émanait un génie esthétique. Avoir réussi à figurer la légèreté en lévitant des masses pareilles sur des pointes révélait un haut degré de culture. À côté, le dôme de Milan semblait pachydermique.

Il aurait fallu écrire, manière Chateaubriand, un « génie du dolménisme ». La civilisation, c'est quand on met force et savoir au service du symbole.

Que disaient les leveurs de mégalithes aux visiteurs du jour ? « Étrangers, nous œuvrons pour l'intangible, ne nous sous-estimez pas ! Si nous avons pu élever ces entablements, nous sommes capables de vous détruire. » Dans les combats modernes, on appelle *show of force* les passes des avions de combat en rase-mottes au-dessus des insurgés.

Au sommet du tertre de Foel Eryr, à quatre cent quatre-vingt-dix mètres d'altitude (nous avions nos Everest modestes), la campagne enrichie par des millénaires d'efforts, de prières et d'averses moutonnait jusqu'à la mer. Vue du tumulus érigé il y a deux mille ans avant Jésus-Christ, la mer était une lame d'or sous le ciel qui s'était déchiré au-dessus de la côte.

Le comté se tachetait de villages qu'on imaginait pleins de vieilles dames bleues et de prolétaires roux.

Contre les pavillons miroitaient les vérandas, conquête cruciale de la civilisation britannique. La véranda est à la vie domestique du Royaume-Uni ce que l'aquarium est au poisson rouge. Au nord, les collines lugubres de Waun Mawn (ce nom mastiqué par une vache !) où furent extraites les pierres de Stonehenge. À l'est, les reliefs de Preseli, échine de ronces libres où s'ébattait le vent.

Qu'est-ce qui émanait de la profondeur de ce vieux paysage ? « Une grâce », dit Benoît qui savait prier Dieu. « Le merveilleux », dis-je, moi qui ne savais pas. Quelle était la différence ?

Le merveilleux émane des choses. La grâce les surplombe. Le merveilleux est contenu dans le monde car il en est l'essence. La grâce s'en distingue car elle en est la source. Le merveilleux rayonne. La grâce ruisselle. L'un va de la chose à l'homme. L'autre du créateur à la chose. Le merveilleux irradie du réel et se diffuse au ciel. La grâce descend des nuées et inonde la terre. Le merveilleux révèle par le regard une force contenue. La grâce convoque dans le cœur une présence extérieure. Le merveilleux est le nom du génie du lieu ou, mieux, de son esprit. La grâce celui de son gardien ou, pire, de son maître. Le merveilleux part du réel pour y revenir. La grâce descend de l'abstrait pour expliquer le monde. Le merveilleux est ici et maintenant. La grâce sera toujours ailleurs.

Nous redescendîmes à fond de train vers Fishguard par des tunnels de verdure et des mouchoirs de champs savamment rapiécés. À six heures, nous avisâmes deux choses : une ferme et que nous crevions de faim : « *Grocery and fresh fruits* », disait un panonceau. On poussa la porte. Une énorme fermière nous accueillit étrangement. Elle était en train de découper de la viande sur une table : « J'ai perdu mon mari ce matin. » Pourquoi nous disait-elle cela le hachoir dans la main ? Elle fit cuire des œufs et, trois heures plus tard, nous regagnâmes le pont. Il pleuvait à nouveau. Des collégiens anglais plongeaient dans l'eau du port, depuis la jetée. Ils étaient bleus et enthousiastes. Seul moyen d'échapper au climat britannique : nager dans l'eau à 12 °C. Churchill avait passé la guerre à tremper toute la journée dans des bains brûlants. Il luttait contre la météo.

La beauté

En deux jours nous naviguâmes de Fishguard à l'île de Bardsey. Contrairement à l'huître, le ciel ne s'ouvre pas toujours. En Angleterre, le soleil est Dieu. On ne le voit pas, il faut y croire. Il ne vient pas, on l'espère. Le voilà, on est déjà parti.

Nous jetâmes l'ancre dans un repli de l'île de Bardsey, nord du pays de Galles. Le soir, le phare balaya l'île de son beau cri : « Humains ! ne venez pas ! »

Les traditions galloises fixaient à Bardsey le tombeau de Merlin. Je ne venais pas pour l'enchanteur mais pour passer la nuit au sommet. J'avais ma certitude : où le regard s'élève, le monde embellit. Un marin gagne beaucoup à quitter le bord pour monter sur la colline. Céline, dans le *Voyage* : « Il y a, c'est exact, beaucoup de folie à s'occuper d'autre chose que de ce qu'on voit. » En bref, montons et contemplons, le merveilleux apparaîtra de lui-même.

En cette soirée, surplombant la farouche tristesse de Bardsey, pauvre disque pelé que striaient les bocages et que gardaient les phoques, j'eus la confirmation du pouvoir des points culminants. Pour s'arracher à soi, il fallait s'élever physiquement.

Inspiré par la *Tentative d'épuisement d'un lieu parisien* de Georges Perec[1], j'entrepris de tirer ce que je pouvais du crépuscule de Bardsey. Le merveilleux, se contenant lui-même, attendait un regard. Autant prendre note de son surgissement. Tenir le greffe, c'était le faire naître. Je tâchai de ne rien rater :

TENTATIVE D'ÉPUISEMENT D'UN BALCON D'OCCIDENT (BARDSEY)

Sept heures, le soleil dans une fente de nuages.
Rouleaux sombres vers l'ouest.
La fumée du cigare piège un rayon.
Les bruyères se dorent.
Rais rasants, squelette de l'île : damier de murets, galets, pelouses.
Huit heures : le soleil coule. Plomb sur la mer.
Les mouettes se taisent.
Deux d'entre elles encore dans le ciel.
Enfants sortant d'une maison pour jouer au foot.
Cris des phoques. Son mouillé.
À l'est, nuages : rouleaux de sang.
Les graminées s'illuminent.

1. Installé à la terrasse du café de la Mairie, place Saint-Sulpice à Paris, Georges Perec a noté tout ce qui lui passait devant les yeux. De l'autobus au pigeon, du promeneur au nuage. En résulte une liste enregistreuse poétique et étrange.

Les moutons montent vers le haut des champs.
Au 90° mer jaune, au 270° bleu nuit.
Plaques rouges sur Anglesey.
Les enfants rentrent. Ils laissent le ballon dans l'herbe.
Neuf heures, l'air fraîchit, le silence gagne.
L'Irlande apparaît à soixante milles puis s'estompe.
En bas, plissures des falaises, fripées, nettes.
Neuf heures quinze, le disque passe tout entier et
nous aveugle, la lentille du phare scintille, frappée.
Un point noir à l'horizon : « un cargo » (dit Benoît).
Tout est bleu nuit, pas de ressac.
Le phare s'allume.
La mer est lavande puis grise, frémissante.
Encore une ouverture rouge feu dans la masse du ciel.
Il fait presque noir.
Puis totalement noir.
Fin de la tentative.

La tentative d'épuisement est un exercice de gratitude. Le contemplateur dispose de peu : ses yeux et quelques mots à offrir à la beauté. On regarde, on enregistre. Le merveilleux s'invite.

Rester trois heures assis sur un rocher devant le 270° épuisait autre chose. Pour un soir, j'avais guéri ma pathologie du mouvement. Avantage des petites îles : elles calment la fièvre des embarquements. Leurs habitants s'y trouvent piégés. Double abandon : impossibilité de se tenir ailleurs, satisfaction d'embrasser d'un regard la totalité de son univers.

On ne fera jamais le tour de la question des îles.

Demain, cap à l'ouest. On laisserait à l'aube

le pays des tribus guerrières. On cinglerait vers l'île des déesses volantes.

Au carré, Benoît avait remisé dans la réserve les cartes marines du pays de Galles et sorti le dossier estampillé *Irlande*. Quand il réorganisait la table à carte, c'était un beau rituel de papier : nous avions franchi une porte.

Le pays de Galles et son rang de châteaux nous avaient invités dans la monarchie de la beauté, en équilibre sur les falaises. L'Irlande, en face, sainte et meurtrie, conservatoire de la celtitude, attendait nos dévotions. Nous ne savions rien encore de son mystère. C'était un jeu : nous reliions les caps, comme le trait du crayon relie les numéros pour faire apparaître un dessin.

Le jusant

Il fallait franchir la mer. Au soir tombant, nous quittâmes le port de Pwllheli et le chantier naval où les bateaux au radoub attendaient des départs qui ne viendraient jamais. Dans ces ports de plaisance prospèrent les navigateurs du rêve. Sur le quai, ils préparent leur bateau, lustrent les accastillages. Cela dure des années. Ils ne partent jamais. Le voilier est leur lampe d'Aladin : ils astiquent, espèrent. Le songe prime l'acte. Ces marins ont embarqué depuis bien longtemps dans l'imaginaire. Pourquoi partir quand on sait rêver ? « Rien n'est si précieux qu'on le croit » (Aragon).

Seulement, moi, je préférais l'os à l'idée de le ronger. Mieux, le réveil que le rêve ! Nous appareillâmes sous la pluie au 270°, alignement celtique.

Une fois touchée l'Irlande, nous incurverions la route et serions en deux jours à Cork, au sud de l'île.

Sur la carte, il s'agissait de verser de la mer d'Irlande à la mer Celtique.

Au quart, maussade comme le ciel, je regardai la sonde de profondeur.

« Elle indique huit mètres. Elle est cassée », dis-je.

Ces mots électrisèrent Benoît. Il bondit sur la barre. À moins de cent mètres de la proue, un friselis blanc annonçait un haut-fond. La sonde n'était pas cassée. Nous avions fait route vers l'écueil d'une longue chaîne d'affleurements étirée à l'ouest en travers du chenal. Rêvassant, nous étions en train de donner dessus. Sur les cartes, l'endroit était noté « chaussée de Saint-Patrick ». On imaginait l'évangélisateur de l'Irlande traverser le gué entre l'Angleterre et l'Éire, relevant sa bure pour ne pas la mouiller.

In extremis, Benoît frôla le banc, à dix mètres des rochers. « Cela aurait été dommage de couler aujourd'hui, je préparais des blinis au whisky », Humann eut beau fanfaronner, j'eus l'impression que nous avions pâli. Les deux jours suivants, nous scrutâmes les brouillards, vérifiant les sondeurs. Des bateaux descendaient plein sud. La nuit, leurs phares les nimbaient d'un halo. Des spectres patrouillant autour de l'Irlande ! Nous remontâmes au vent, vers le sud-ouest, dans le sens du ve siècle puisque la christianisation tardive de l'Irlande s'était opérée depuis les côtes anglaises.

Le vent désorganisait la vie. Lofer, virer, border, choquer, reprendre, abattre, remonter… Naviguer, c'est dégainer le bon verbe.

Nous regagnions nos cabines, grottes humides. Le soleil revint le soir du deuxième jour et la solitude du quart fut une jouvence. Tout séchait sur le pont et la chaleur se diffusait dans l'organisme, nourrissant chaque cellule. La lumière injectait sa sève dans le corps.

Les heures s'écoulaient à fixer la mer d'un œil vague. Pleine occupation. La mer n'ennuie jamais.

Une hypothèse : l'horizon détermine la couleur des yeux. La preuve, les bleus délavés de certains Bretons. Ils ont rêvé face au large. Le paysage change-t-il le caractère de l'homme ?

La mer a façonné la pensée celte, rouleau d'intuitions nébuleuses traversé d'éclairs. La même inspiration irriguait les légendes gaéliques, les récits du cycle arthurien, le théâtre incompréhensible de Synge et les vers initiatiques de Yeats. Elle se modulait sur une partition commune. C'était une voix miroitante, toujours vivace, souvent projective, jamais repliée, ne fixant pas, ne décrétant pas plus, n'assenant rien, donnant à sentir, répugnant à conclure. En somme, la mer faite pensée.

Un même jusant traversait ces textes, préférant le fluctuant au solennel, l'éphémère à l'institué, l'inexplicable à l'évident. On n'y trouverait aucun dogme. Les vérités y seraient clignotantes. Les artistes de l'Ouest se montraient plus doués à saisir les éclats du réel qu'à bâtir des synthèses.

En somme, la pensée atlantique vibrait d'un chant de harpe. Loin des cuivres de la fanfare prussienne.

Sur l'arc celtique (entendre arc électrique), cette pensée hauturière ne voulant rien figer conduisait l'homme à l'épitaphe de Yeats, inscrite sur sa propre tombe : « Regarde froidement la vie et la mort, et passe ton chemin, cavalier[1] ! »

La mer possédait ce pouvoir de dissoudre les certitudes. Les cartes se brouillaient aux irides-cences de l'océan. Les théories ne tenaient pas dans l'horizon mouvant. Sur le pont d'un voilier, on ne se sentait pas l'esprit dogmatique. C'était un autre bienfait de la visitation des fées que d'élargir l'âme aux dimensions de l'océan. Entre les moires du ciel et les évanescences, on aurait mal reçu les systèmes d'un théoricien trop sûr. Dans l'histoire récente, les mondes celtes n'avaient jamais goûté les dictatures. Le Celte, toujours trempé, jamais à l'abri d'un coup de vent, se méfie des assertions faciles.

On toucha la côte avant la nuit. Le phare de Ballycotton sur son îlot de poche commençait à balayer les prairies. En les rasant pendant mille ans les moutons avaient façonné des à-plats de feutre vert. Dans les légendes celtiques, il n'était question que de rafles de troupeaux, de règlements de comptes entre seigneurs. Le féodalisme

1. Michel Déon en a fait le titre d'un beau livre. Salut aux poneys sauvages !

faisait régner la terreur. L'herbe tendre avait bu le sang. Nous arrivions après la bataille.

On croyait débarquer dans un doux camaïeu. Ces enclos de gazon où roulaient des ballots de laine blanche avaient constitué le terrain d'une razzia permanente. Quand s'étaient calmées les guerres de vallon, les barbares étaient arrivés de l'est, puis les Vikings par le nord. La gentille Irlande ? Un cimetière.

Dans les temps mythologiques, les Tuatha Dé Danann, race de dieux libérateurs, avaient débarqué du ciel, dissimulés par le brouillard, pour délivrer l'Irlande au terme d'une longue guerre. Ici, quand on disait « une fée », il fallait entendre : « un guerrier ».

Devant les verres remplis de West Cork, un *single malt* aux reflets fauves, Benoît nous enseigna le langage des pavillons maritimes. Dans les tiroirs de bord, nous avions serré des dizaines de fanions multicolores aux formes géométriques. En cas de panne de radio, on pouvait continuer à communiquer. Il suffisait de hisser les pavillons sur le mât pour lancer un appel, donner un ordre, demander secours. Chacun possédait sa signification ramassée en une phrase. Mais si on associait ces injonctions les unes aux autres, on obtenait un dialogue houellebecquien. On aurait cru deux désespérés cherchant à entrer en contact dans un tripot libertin.

— Je suis désemparé, je désire communiquer avec vous (losange rouge sur fond blanc).

— Ne me gênez pas (carré rouge et bleu).
— Je demande la libre pratique (carré jaune).
— Vous courez un danger (damier rouge et blanc).

À minuit, Humann quitta le pont et descendit au carré.
— Tu vas te coucher Humann ?
— Je bats en arrière (carrés bleu-blanc-rouge).

V

En Irlande

Océan
Atlantique
vers l'Écosse
Canal du Nord
Malin Head
Île Gola
Île d'Aranmore
Inishmurray
Sligo
innisfree
Achill Head
Mer d'Irlande
Clifden
Connemara
Galway
Dublin
Iles d'Aran
IRLANDE
Saint-Georges
Brandon creek
Dingle
Canal
Du Pays de Galles
Cork
Skellig
Pointe des 3 châteaux
Mizen Head
La navigation à la voile
Les incursions à pied et à bicyclette.
N
50 Km.
Mer
Celtique

La spirale

N'oublie pas de voir, m'avait dit la Bretagne. N'oublie pas de vivre, m'avait dit le pays de Galles. N'oublie pas d'aimer, m'avait dit la mer. Que dirait l'Irlande ?

À Crosshaven, on amarra le bateau sur le quai du plus vieux yacht-club du monde. « *Where it all begins* », disait le placard sur le fronton de la capitainerie. Le yacht-club brouillait la lutte des classes. Les serveurs étaient en blazer, les autorités en bleu de travail.

Le village occupait un aber, dont le climat subtropical piquetait le rivage de fleurs multicolores. Les hortensias bouffaient contre les murs : des bonnets de bain de dames. La mer était de satin, les prairies de velours, le ciel d'huile. En Irlande, parfois, cette caresse inouïe du réel. Pourquoi tant de praline sur une île en larmes ?

À Cork, dans un pub où les tables étaient blondes et le parquet très sombre, Humann et Benoît vidèrent des pintes de goudron (Guinness, disaient-ils). Nous fêtions notre franchissement de la mer d'Irlande et du canal Saint-Georges. N'ayant plus le droit à la moindre goutte (trop donné à la cause), je les regardais s'abrutir, avec mélancolie. Je l'avais pourtant aimée, l'ivresse tendre de la bière, cette impression de se donner des coups de marteau en mousse sur la tête, de se laver le crâne avec un alcool de pluie.

Des Irlandais en veste élimée affluaient. Sur le trottoir, d'imposantes créatures LGBT prenaient des selfies. Cork était à la pointe de l'avènement du monde nouveau. « Pour un futur meilleur. » Dehors, vadrouillaient des individus très emplis d'eux-mêmes. Dedans, les buveurs vidaient des verres ensemble. Dehors, chacun son arc-en-ciel. Dedans, la pénombre amicale. La porte de bois séparait deux géographies mentales. Choisis ton monde, camarade ! disait la taverne.

Sur une table, coincée près du comptoir, quatre musiciens donnaient des *jigs* et *reels* irlandais. Une fille brune était au fifre de bois et trois hommes au violon, à la guitare et à l'accordéon. Pendant deux heures, le lancinement ne cessa pas. Il invitait à la danse. Mais dans la salle bondée on ne pouvait faire un geste. Seulement taper du pied.

C'était une musique en spirale, convulsive, saccadée. Le tempo barattait l'air. Le crincrin finissait par envahir l'esprit. La mesure revenait, ralentissait, repartait. L'archet frottait, les doigts grattaient, l'accordéon haletait et tout recommençait. La boucle se bouclait, la ronde s'enroulait, la musique reprenait. Elle ne racontait rien, ne menait nulle part. Elle n'avait pas d'issue, mais l'oreille recevait sa pulsation. C'était une fièvre. Avec ses poussées.

Que voulaient ces rengaines qui n'explosaient jamais et ne finissaient pas ? Elles rappelaient la valse des heures, l'ennui des navigations sur le pont des bateaux. Elles décrivaient les heures à attendre les marins qui ne reviendraient pas, les soirs de peine dans les villes de la révolution industrielle et la cruauté du siècle prolétaire où seul le pub procurait de la chaleur aux hommes broyés. C'était l'écho des temps de Dickens. Asphyxié de fumée, le prolo britannique s'assommait devant son verre pendant que le violon raclait la spirale de l'éternel retour, c'est-à-dire de l'éternel oubli dans l'éternel enfermement. Hop, hop, Bahia ! *No future,* grinçait le violon. *Encore un tour,* disait la guitare. *Demain n'existe pas,* crachait l'accordéon. *Alors, recommençons,* concluait le fifre. C'était reparti pour un tour.

Sur les sous-bocks, électrisé par la fièvre, je traçais au stylo des dizaines de triskells, la spirale celtique à trois branches. Ce graphisme stylisait en une même volute, trois fois enroulée, la palingénésie du monde, recommencement des choses.

Jean Markale voyait dans l'esprit celte une « dynamique de l'être[1] », un destin toujours en

1. Jean Markale, *Les Celtes et la civilsation celtique.*

mouvement, se renouvelant sans cesse, réinventant son discours, ne s'octroyant pas de repos et reprenant indéfectiblement le cours de sa propre ronde. Obsédés par la circularité, les Irlandais avaient excellé à reproduire à l'infini le motif de l'entrelacs. Fallait-il prendre les gigues de ce pub et mes triskells de sous-bock pour la figuration du mouvement du ressac, la mer toujours en allée, l'éternité toujours revenue, l'île en rond, les générations de fées, l'immortalité des guerriers, l'acharnement du mouton à raser l'herbe et l'acharnement de l'herbe à repousser, la course du vent et la rage infinie de l'écume ?

Comment croire au sens de l'Histoire, à l'advenue d'un royaume céleste, à la vie éternelle et, pis, à la *perfectibilité de l'homme* (farce stupide), quand on vit près d'un régime de marée dans la folie des oiseaux ?

Et le violon reprit la ritournelle jusqu'à ce qu'étourdis nous quittions les lieux pour retrouver enfin quelque chose qui menait quelque part : le bateau.

Le triskell

La côte sud défila. Ce furent des jours vivaces à naviguer le long d'une prairie. Benoît et moi menions nos deux sillages. Je débarquais le matin, sillonnais les collines à bicyclette et regagnais le bateau le soir, plus loin, vers l'ouest.

À terre, tout le monde était poli et bien vêtu. Passer l'été en pull de laine garantit le bonheur. Nous connûmes des mouillages bénis à Glandore, à Crookhaven. Le ciel parfois violet était posé sur l'herbe souvent verte qui s'inclinait sur la mer toujours grise. Les bandes de couleurs s'étageaient sans se fondre. Un vrai drapeau, une pâtisserie, c'est selon.

Parfois la brume se levait. La légende celte reprenait la croyance homérique : c'était un subterfuge des dieux. Ils se cachaient derrière le voile. Dissimule ta vie, disait Épicure. Les dieux avaient raison d'être discrets. Le sacré n'a pas besoin de haut-parleurs.

Le cercle de pierre de Drombeg se constituait de dix-sept menhirs figés dans leur ronde au milieu d'un champ fluo. C'étaient dix-sept danseurs pétrifiés en pleine gigue. Au premier millénaire avant le Christ, on rendait ici un culte aux défunts. Le site était encore utilisé par des druides irréductibles au ve siècle de notre ère, dans l'Irlande christianisée. Que pouvait penser un prêtre, en ces lieux ?

Les rondes fascinaient le Hugo de Guernesey. Il rendait visite aux cercles sur le « pâtre promontoire » :

Ô vieux cromlech de la Bretagne,
Qu'écris-tu donc sur la montagne[1] ?

Dans ce monde incertain, les mégalithes devaient rassurer le poète en exil. Quelque chose durait ! Pour les cœurs très brisés, les pierres exsudent une profonde amitié. On peut s'y appuyer.

Mais de ces monuments émanait un paradoxe. Ces cercles exprimaient à la fois le mouvement et sa cessation. Soudain l'horloge s'était cassée, la ronde fossilisée. Si bien que l'esprit ne pouvait démêler si le cercle symbolisait la fluctuation des choses ou leur pétrification salutaire. En somme, il y avait là la figuration du combat des deux options antiques : celle du flux et celle de l'arrêt. Tourne toujours ! disait Héraclite. Demeure en paix ! disait Parménide. Soyez danseurs ! disait

1. *Les Contemplations.*

l'un. Levez des pierres ! répondait l'autre. Et comme le cromlech signifiait l'un en symbolisant l'autre, je m'étourdissais à rester trop longtemps dans le centre de ce tourbillon immobile.

L'histoire de l'Irlande était une énumération de guerres. Pour quelques moutons, les clans se lançaient des raids sanglants. À chaque vallon son roi, à chaque tertre son dieu. À chaque village sa qualité de pluie. Aucune unité n'était envisageable dans ces mosaïques. Je roulais pendant des heures dans les bocages. Les murets de pierres sèches quadrillaient la terre en damier frénétique. Ce n'était pas une campagne, c'était un grillage. Aucune parcelle n'excédait l'hectare. Ce découpage consistait-il en l'écho des dissensions féodales ? Ici, on s'était disputé la moindre motte de terre. Il en était resté cette double passion pour le découpage public et la propriété privée.

Tout cercle emprisonne. Les dissensions claniques avaient enfermé l'Irlande dans une valse de luttes. Se répétaient les circonvolutions de la spirale. Le temps amenait le sang. On n'en sortait pas. Un jour, au ve siècle, saint Patrick jucha le christianisme sur le champ de bataille. Soudain, des prêtres évoquèrent la vie éternelle, l'accomplissement des temps, la rédemption de l'homme et la linéarité de la vie. L'homme venait donc d'un jardin et marchait vers le salut. La ronde pouvait s'arrêter. Le triskell avait été déplié. La parousie avait vaincu l'enroulement.

Et, pour la première fois sur l'île aux spirales, le temps s'était mis à filer droit.

Oh, certes, cela n'avait pas calmé les troubles. Ce qu'infligea Mme Thatcher aux Irlandais révolutionnaires le prouva récemment. L'Histoire trouve toujours des fourriers pour équarrir la viande.

Mais la danse de mort du paganisme circulaire avait trouvé son issue. Les campagnes y gagnèrent la paix. L'atmosphère y perdit en grâce. En se rationalisant, le monde se désenchante. Et Aragon put enfin pleurer en traversant les forêts celtiques vidées de leur présence : « Rien n'y palpite plus des vieilles saturnales. Ni la mare de lune où les lutins dansaient. »

Je pédalais dans ces visions. Et le merveilleux que je traquais investissait tour à tour la campagne ou le rivage, le sous-bois ou la falaise selon les circonvolutions de la route. C'était un fluide dont je poursuivais les convulsions. Parfois, il s'incarnait dans un bosquet : c'étaient des traits de soleil dans la frondaison des hêtres ou bien une fontaine dans un talus de mousse. Ailleurs, il se sertissait dans une lande mauve arrêtée par une falaise de schiste crevée d'une grotte ruisselante.

Les trois châteaux

Passaient cercles de pierres et tables dressées. Celle d'Altar, postée sur le rivage, avait trois mille ans. Paysage d'équerre : la ligne de la mer prolongeait le fil de la pierre couchée.

Passaient des maisons astiquées. Quel effroi en ces jardins ! Des dames à chapeau taillaient les fuchsias et me saluaient, sécateur à la main. Sourires d'où la grimace n'était pas loin. Dans un roman d'Agatha Christie écrit par Stephen King, elles viendraient tout juste de châtrer leur voisin, de donner les testicules à bouffer au chihuahua et de dissimuler le corps dans les hortensias.

Les vérandas laissaient entrevoir des papiers fleuris où se frottaient les chats. Parfois un rockingchair se balançait tout seul, vide. *What an angoisse !* Comment l'histoire des guerres d'Irlande avait pu aboutir à cette passion pour le *home sweet home* ?

Cet art de briquer l'enclos (barrières de bois, murets de lauzes, haies de lauriers) trahissait la grande liturgie libérale britannique. Au XVIIIe siècle, le « libéralisme » d'Arthur Young était un humanisme. Un petit paysan pouvait s'en recommander. Il possédait son carré et tissait entre les murs sa théorie de la liberté. C'était avant les machines textiles, l'abolition de l'homme, la prédation technique et la trahison usurière du principe de « libre circulation ». Oui ! dans ces campagnes vert fluo, les Irlandais avaient fait de la possession d'un carré de gazon l'affirmation de la liberté et de son entretien le symbole de la noblesse.

« Bivouaquons à la pointe des trois châteaux », dit Humann en jetant l'ancre au fond du fjord de Crookhaven. Laissant le bateau à la garde des phoques, nous marchâmes dix kilomètres. L'orage s'abattit. On continua sous la grêle. Quand on déboucha devant la ruine des « trois châteaux », un arc-en-ciel enjambait l'isthme.

La ruine obscure, la mer en rage, le ciel en feu : c'était presque trop beau. Tous les motifs de la représentation romantique de l'Ouest avaient été ici rassemblés – lavis de pluie, crénelures de pierre, déchirures atmosphériques. Un peintre aurait été taxé du plus pitoyable kitsch. Bonne nouvelle pour les âmes lyriques : même la nature parfois ressemble à ce qu'on voudrait qu'elle soit. Hugo n'aurait pas eu à se forcer.

Le château se perchait entre deux tombants, appuyés à un versant moutonné par l'ancienne langue glaciaire. La mer bouillonnait au pied des falaises. Un lac occupait l'ombilic d'une haute prairie où nichaient les courlis. La lumière d'orage le frappait d'argent. Le vent affolait les herbes. Au 270°, une lueur s'ouvrait dans le ciel passé à la nuit. C'était une plaie de sang, comme si les forges du lointain fourbissaient les guerres à venir. Quelles vies humaines s'étaient déroulées là, dans ces mondes de menaces permanentes et de beauté violente ? Chaque voile à l'horizon annonçait une attaque. Le mal en ces temps-là venait du nord. Dans l'Histoire, les points cardinaux du malheur s'inversent à chaque siècle. Les Scandinaves, les Vikings, les « gens noirs » selon l'acception des XIIe et XIIIe siècles, déboulaient de la brume pour semer le malheur au milieu des moutons. Ce furent eux, les barbes blondes, les marins à la hache, eux autant que les Romains ou les prédicateurs de l'enfant Jésus, qui abolirent les antiques présences. La pointe des trois châteaux diffusait le souvenir de siècles où vivre, c'était se réfugier.

Sous la toile de tente je disais Aragon à Humann et Benoît. Toujours le même requiem chez le vieux tradi stalinien : les elfes étaient crevés, les hommes inconsolables. « La fée a fui sans doute au fond de la fontaine et la fleur se fana qui chut de son corset. »

Ce soir-là, à la pointe des trois châteaux, le merveilleux prit la couleur des nostalgies. Il devenait l'empire de *ce qui fut.* La question à se poser sur le rempart des châteaux morts ne se résumait plus au « être ou ne pas être » d'Hamlet mais à l'« être ou n'être plus » de toute fée déchue.

Le rayon des temps se propageait à travers les paysages. L'*immuabilité* du temporel survivait dans l'*indestructibilité* géologique. Dans cette vie, on avait toujours intérêt à vivre sur les socles hercyniens. Ils étaient solides.

Ici, sur les moraines cristallines, l'écho du merveilleux répercutait le souvenir de ce que l'on n'avait pas connu et l'intuition que nous avions perdu ce que nous n'avions jamais possédé. Le merveilleux pouvait emplir l'interstice entre *ce qui est* et *ce qu'on aurait voulu qu'il fût.* « La ruine se dresse en équilibre entre la mémoire et l'oubli » (André Breton). Entre les deux, les chauves-souris et la mélancolie.

La nostalgie sourdait de ce contact entre les âges, le sol et soi-même. Elle était une vertu. Les hommes doux se méfient de la brutalité du présent, n'accordent pas foi à l'arrogance de l'avenir et regardent tout reflet du passé avec tendresse. Comme un enfant devant l'armoire à confitures : il n'atteindra pas les pots mais leur contemplation suffit à embellir le jour.

Puis les dieux, c'est-à-dire les pressions atmosphériques, furent avec nous. Le destin, c'est la météo. Du vent dans un ciel clair : définition du bonheur. Pendant trois jours, la navigation fut une harpe réglée. Nous marchions plein nord à neuf nœuds sur une mer de photon et dans un vent d'iode. Les oiseaux battaient ces heures électriques. Les pétrels ramaient, les fous glissaient, les sternes dansaient, les macareux frétillaient. On frôlait les pointes. Elles tombaient une à une. Benoît commandait nos virements de bord. On s'activait, heureux de convertir nos efforts en mouvement. À Mizen Head, les facettes schisteuses biseautaient les promontoires comme si la terre avait glissé d'un coup. D'un côté de la baie, les promontoires. De l'autre, les à-plats d'herbe rasée par la lumière. D'un côté le deuil, de l'autre la joie. Deux expressions féeriques. Il y a des fées pour les mousses, d'autres pour les récifs.

Des îles apparaissaient. D'abord, elles flottaient. L'œil les jugeait inaccessibles. Soudain elles étaient proches, soudain elles étaient là et soudain derrière nous. Devant l'immensité, il suffit d'attendre. La patience, moyen de transport infaillible.

L'île de Dursey dessinait des châteaux, des bêtes ou des vaisseaux. Nous passions devant les processions de formes. Dans la mythologie celte, le voyage dans l'autre monde s'apparentait à une navigation en barque. Vers quoi voguions-nous ?

Un soir, l'archipel des Skellig apparut à contre-jour, au bout de la coulée du soleil. « Un château suspendu », dit Humann. « Une porte du ciel », dit Benoît. Des milliers de fous de Bassan tourbillonnaient dans le ciel comme si l'île était leur prison, comme s'ils ne voulaient pas y retourner mais ne pouvaient songer à se poser ailleurs.

Une petite île est un cachot proclamé « royaume de la liberté » par ses habitants. Nous visâmes entre les deux îles des Skellig. Les Celtes harcelés sur les flancs du sud par la poussée romaine, sur les bordures de l'est par les barbares germains et sur la frange nord par la violence viking, avaient trouvé refuge ici. Sur ces récifs, combien d'ermites chrétiens se consumèrent du VIe au XIIIe siècle dans la chiure d'oiseaux et les algues grasses ? Ces forçats du ciel, auréolés d'oiseaux pathologiques, avaient édifié des chapelles consacrées à saint Michel qui avait tué le dragon. « Le chagrin est plus fort que la mer », écrivait le poète irlandais Synge. Ô jours bénis dans la mer vitale, comme vous m'aidiez à prouver que Synge avait menti !

L'ouest

Au nord de la péninsule de Dingle, à dix kilomètres du port, une échancrure de roche abrite une grève de galets. On pourrait passer sans la remarquer. La légende y situe un des événements les plus scabreux du Moyen Âge irlandais.

Au VIe siècle, sur cette plage de vingt mètres de large, le moine saint Brandan aurait embarqué à bord d'un coracle, barque calfatée de cuir. Poursuivant le soleil, il traversa l'Atlantique.

Il cherchait le jardin d'Éden, aurait touché les Antilles, essuyant les fortunes de mer, rythmant sa traversée d'escales sur les îles occidentales. Un jour, il prononça la messe debout sur une baleine. L'iconographie médiévale se délecta de cette *Odyssée* de l'Ouest. Comme Ulysse fut mis au service de l'expansion des Grecs du VIIIe siècle avant Jésus-Christ, Brandan, lui, assura la publicité de la foi catholique nouvellement diffusée dans les vertes prairies. Grâce à lui, elle poursuivait son avancée vers l'ouest.

Quand une Idée a besoin de se projeter hors

de son berceau, la légende lui fournit un aventurier. Il est chargé de franchir les parapets pour s'assujettir l'inconnu jusqu'aux confins du monde. Ulysse triomphe du Cyclope. Brandan communie sur le dos d'un monstre. Dans les deux cas, les ténèbres reculent. Les Grecs avaient besoin d'Homère pour se certifier qu'ils dominaient le monde. Les moines eurent Brandan pour propager la Croix.

Jason, Ulysse, Brandan, Robinson : à chaque époque son ambassadeur.

Brandon Creek fut à nouveau versé à la mythographie en 1976. Cette année-là, Tim Severin, aventurier fantasque, explorateur lettré et chercheur *very british*, embarqua sur une réplique de coracle du VIe siècle, aux voiles frappées de croix de Saint-Patrick. Le périple était aléatoire, le motif baroque mais le navire avait de l'allure. Tim Severin voulait retracer la navigation de Brandan dans les conditions de l'époque, c'est-à-dire l'inconfort et l'incertain. Il prouverait la plausibilité de la traversée légendaire. Il passa par les Hébrides, les Féroé, l'Islande et aborda à Terre-Neuve un an après son départ, heureux de clamer au monde que Brandan, sur une barque de cuir, pouvait techniquement avoir découvert l'Amérique, neuf siècles avant Christophe Colomb.

C'était donc au fond de cette crique banale qu'un marin inspiré du XXe siècle avait tissé un lien physique et moral avec la légende, rendant possible l'invraisemblable.

La crique était grise. L'idée que des religieux en robe de bure aient embarqué ici vers l'inconnu me serrait le cœur. Le mythe de Brandan incarnait le mystère de la poussée des Celtes, ce mouvement de l'histoire fécondé par la mythologie. Au ve siècle avant Jésus-Christ, une force avait ébranlé un peuple, l'arrachant à son berceau d'Europe centrale pour le propulser vers les parapets de l'Ouest. Cette énergie fondait le destin des Celtes. Le soleil avait agi comme un aimant. Les falaises avaient arrêté le mouvement. L'océan coupé la route.

Les marins seuls pouvaient reprendre la course.

Et le mouvement ne s'était pas arrêté.

Après avoir dépéri sur les promontoires sous les coups de boutoir des Romains, de la christianisation, des invasions saxonnes et des raids vikings, les hommes de l'Ouest avaient sauté par-dessus l'Atlantique, embarquant à bord du *Mayflower.*

Les *Pilgrim Fathers,* troupe de marins prophétiques, tenaient cap au 270°. Au XVIIe, ils avaient suivi le sillage de Brandan et fondé la nouvelle Angleterre : l'Amérique ! De leur traversée procédaient Kennedy et Reagan, *irish boys.*

Persuadé de la « destinée manifeste » des États-Unis, Reagan fit un jour cet aveu mystérieux empreint de gnose atlantiste : « Brandan a découvert un autre monde qui a donné une nouvelle chance à l'humanité. » Phrase inscrite sur un panonceau planté devant la crique, frappé de la date de 1984.

Tout Américain croit brandir un flambeau pour guider les hommes. Tout Américain regarde le couchant avec émotion. De l'autre côté, au levant, c'est le « vieux monde ». Plus à l'est encore, l'Islam, géographie du danger. Vers le couchant, la patrie des possibles. Le soir, les regards se tournent vers le disque poudroyant. Les éoliennes tournent, les maïs vibrent. Derrière la poussière, le salut, le rêve. À l'Ouest, on peut « saisir les opportunités ». Dans les bunkers de la Silicon Valley, on dessine la forme du monde de demain. *Go west !* disaient les cow-boys. *Go west !* répètent les investisseurs. L'ouest, c'est la vie.

Que fut le XIXe siècle américain sinon une marche calcinée à travers les plaines à bison vers les rivages du Pacifique ? N'est-ce pas là la continuation de l'immense ébranlement au 270° entrepris par les Celtes il y a deux mille cinq cents ans ?

« La ruée vers l'ouest » continua le déplacement de masse vers le crépuscule. Au terme de la marche, à nouveau, arrêt forcé sur les balcons de l'océan. Pacifique, celui-là. Cette halte préluda à quelques nouvelles projections dans les îles du large. Couvait toujours cette aimantation vers le soleil couchant, et l'or, ce soleil enterré. Et si la ronde n'était toujours pas interrompue ? Si l'énergie ambulatoire des Celtes n'était pas tarie ? Rêvons un peu : l'ébranlement de masse vers le couchant trouvera peut-être sa résolution lorsque les Celtes parviendront à fermer la boucle. L'élan initial se refermera alors sur lui-même. Le triskell se repliera quand le tour sera achevé.

Quelles sont les Skellig, les Hébrides et les Açores du Pacifique ? Où le Brandan du XXIe siècle peut-il pousser ses feux ? Hawaï ? Déjà fait. Taïwan ? Affaire en cours. Le Japon ? Contact établi. La Chine ? Prochain dossier. Non, plus loin, se déployait le vrai Graal. Les steppes de l'Asie centrale et l'immense forêt slave attendaient l'arrivée de l'onde celte. Et au-delà, encore un peu plus à l'ouest reposait la Mitteleuropa, berceau des Celtes. La maison mère attend le retour de ses fils partis il y a deux mille cinq cents ans. Elle n'est pas à un millénaire près.

Pour l'instant, presque la moitié de la circumambulation planétaire par l'ouest a été accomplie. Quand on demande à un Américain comment entrer en Russie, il ne pense pas à prendre le train de Berlin à Moscou. Il répond : « Vladivostok. »

Si la *destinée manifeste* initiée au bord du Danube, répandue sur les littoraux atlantiques, continuée par Brandan, reprise en charge par les Pères pélerins, transbahutée dans les fontes des cow-boys et assurée par les *boys* sur les porte-avions de la mer du Japon, continue sa fluctuation vers le crépuscule, la boucle se bouclera un jour. Les peuples celtes qui voulaient rattraper le soleil regagneront les bords du Danube.

Si la guerre d'Ukraine devient la guerre mondiale, les Américains entreront en Eurasie par l'Extrême-Orient russe. *Go west !* entendra-t-on dans la taïga. Reagan encore, en ce jour de 1984 : « Alors que nous naviguons dans les eaux inconnues de l'avenir, nous devons suivre le mât de Brandan et poursuivre avec foi et force vers de nouveaux horizons. » *Go west !* vous dis-je.

— Oui, mais pour l'instant, dit Benoît, *go north !* et tout de suite ! car les îles d'Aran sont à 100 milles.

Déjà Humann, sur le gaillard avant, actionnait la télécommande du guindeau pour remonter l'ancre. Il ne se faisait jamais prier quand retentissaient les grands ordres d'appareillage. À bord, nous étions trois voyageurs errants atteints du même mal : nous préférions lever que jeter l'ancre. Nous trouvions la promesse du large plus excitante que le quai des retours. Existait-il un pavillon pour clamer : « Nous ne voulons pas rentrer au port ! » Encore, Humann et Benoît avaient-ils des enfants… L'enfant, suspendu dans les élingues, pourrait faire office de pavillon de mât : « Je dois rentrer, j'ai charge d'âmes. »

La séparation

Nous coiffâmes le cap de Dingle avant la nuit. L'île de Blasket mouchetée de ruines s'évanouit dans la pénombre. Quels fantômes dormaient dans ces asiles ? Puis apparurent les rochers d'un archipel, bibelots d'une baie proprette. Et enfin le large. Et l'organisation des quarts dans l'amitié de la nuit.

J'aimais ce moment de relais où l'on se passait le bateau comme un flambeau. La délicatesse consistait à arriver sur le pont un quart d'heure avant sa prise de quart. L'ami qu'on relevait avait déjà veillé trois ou quatre heures, il descendait retrouver sa couchette. Étrangement, on ne l'enviait pas. On prenait possession de ses propres quartiers de nuit, organisant les rêveries pour les heures qui venaient. La garde descendante allait se coucher. La garde montante devenait empereur des étoiles. De quoi se plaindre ? La couette ou le cosmos : choix du marin.

À quatre heures du matin, j'héritai du pont. Il fallait maintenir le cap au 10°. Le vent nous menait sans effort à six nœuds. À la barre, j'avais envie de gueuler l'apostrophe du *Voyage au bout de la nuit* : « À moi donc seul le paysage ! » Une bonne devise d'homme de quart. Pour l'instant, noir d'encre.

Pendant une heure, attendant l'aube, je rêvai à une fille lactescente. J'aurais aimé l'avoir près de moi – odeur de buis, chaleur de cire, teinte de nacre – pour lui dire : « Quel bonheur un quart avec sa moitié. »

À quoi servent les heures de quart ? À se sonder. Les amis dorment. On réfléchit. Pourquoi tous ces voyages depuis trois décennies ? Pourquoi repartir ? Et en bateau cette fois. Quand cesseraient ces toupies ? Pourquoi ces mouvements jamais conclus ? Je trouvai une réponse : pour rêver au retour une fois parti, au départ une fois rentré. *Le rêve était notre légitimité.* Au moins, une fois en route, l'homme n'a plus honte de son insatisfaction.

À cinq heures, les îles d'Aran, gouttes noires sur l'horizon. Benoît visait Inis Meáin où Synge, barde des îles païennes, composa sa pièce de théâtre la plus farouche, la plus absconse, au titre indépassable : *Le Baladin du monde occidental.*

Quand les îles approchèrent, le soleil était vif et les dauphins éclaboussaient la mer comme si elle était à eux.

Sur Inis Meáin et sur Inis Mór, on passa deux jours au pas cadencé. Ainsi de la vie de marin : à bord, heures interminables ; à terre, tambour battant.

Les murets des Aran traçaient des mosaïques. Vues par le myope, les îles avaient l'air d'échiquiers. Les moutons faisaient les pions. Les blancs avaient gagné.

Ces murs de pierres sèches retenaient la terre. Mieux ! ils l'avaient constituée. Des norias de générations avaient charrié dans des paniers d'osier le goémon, le guano, le sable, marchant sous le fardeau, de la plage à la terre, de la terre à la mer, saupoudrant la poudre du rivage sur les versants à nu, luttant contre le vent qui emportait l'espoir. Et les murs avaient retenu la vie.

Accumulés sous le ciel, les nutriments de la mer avaient donné son sel à la terre.

Patiemment tassée, lavée de pluie, stratifiée par les siècles, cette poussière avait constitué un sol. Ainsi, la terre arable était-elle née de la prodigalité de la mer et de la patience des hommes. Ni promise ni offerte, créée. Les îles avaient été fructifiées. Le sol n'était pas un droit mais une invention. L'Histoire avait été le paysan de la géographie.

Vertu des murs : sans eux, le vent est le maître. Grandeur des bocages : ce qui sépare protège.

De cette démiurgie avait jailli la douceur. Synge (baroque et illisible) avait chanté cette humanité enracinée dans un sol par elle-même inventé.

Les îles s'auto-généraient toujours dans un mouvement circulaire dont j'aimais marmonner le cycle en allongeant le pas. Il fallait le dire comme un refrain : « L'algue donnait la terre, où poussait le seigle qui constituait le chaume sous lequel vivait l'homme qui élevait le mouton qui se nourrissait de l'herbe, protégée par le mur, constitué de la roche, que battait la mer, où vivait l'oiseau, qui donnait le guano, qui fécondait la terre, retenue par le mur, etc. »

Et la spirale heureuse continuait son débit. Et le temps scandait l'autofécondation.

Le soleil se montra par intermittence pendant deux jours. Les habitants de l'île étaient à la promenade. « *What a nice day* », disait-on au passant, dans l'éclaircie fugace. En Irlande, l'été est une saison qui commence à neuf heures du matin et dure jusqu'à onze heures certains jours de la mi-août.

Au-delà des murets, le chemin s'ouvrait sur le large au bord des falaises. Le regard aveuglé prenait possession de l'horizon dans un éblouissement qui était le vertige.

Tout marcheur d'Aran connaît le moment où le monde explose quand la mer apparaît. On s'est extrait du labyrinthe. Pour un peu on voudrait continuer. La falaise mesure cent mètres de haut. Tout finirait bien puisque tout finirait.

Je m'approchai du bord. Debussy avait écrit une pièce pour piano : *La Cathédrale engloutie.* On y était. La houle s'acharnait. Les décombres saignaient de l'écume. Étrange pouvoir vitalisant des ruines océanes.

Le nœud

En face des îles d'Aran, au nord de la baie de Galway, le voilier accosta. Je rejoindrais le bord, le jour d'après, sur la jetée de Clifden, à l'extrémité occidentale du Connemara.

Sur la table du carré, nous préparions les « articulations amphibies » : où me jeter à terre, comment me rembarquer. Et dans cette crique, pourrions-nous accoster ? Le vent d'ouest permettrait-il de sortir de ce goulet ? Et ce port était-il assez profond ? C'étaient de vrais sujets, des questions de mouvement – jamais vaseuses, toujours vérifiables. D'où vient le plaisir de rêver sur les cartes ? On abolit l'espace, on se prend pour un dieu, le crayon court sur les collines, on transperce les monts, on franchit les marais, on se croit Peer Gynt bondissant sur la bruyère.

Le voyageur rêve de franchir la lande. Il fait un trait sur la carte. Il lui suffit de quelques mots. Le stratège rêve de prendre la tranchée. Il trace une flèche. Il lui suffira de quelques morts.

On ne se doute pas combien on pestera contre

soi-même, plus tard, quand il s'agira d'être fidèle à ses serments et qu'il faudra peiner contre les kilomètres. Rêver est facile. La route est réelle.

Le géomètre souffre plus que le géographe. Celui-ci décide, celui-là arpente. Celui-ci dessine, celui-là mesure. On promène sa main sur la feuille, cela s'appelle l'intention. Un jour, il faut la mettre en œuvre, au ras du sol. Alors, on se rend compte que la vie est chose rugueuse. Tout homme politique devrait traverser à pied le pays dont il brigue le commandement.

Benoît et moi accordions nos logiques. Il fallait que mes étapes à bicyclette correspondent proportionnellement aux distances à parcourir à la voile pour que nous arrivions à nous retrouver le soir sur un quai sans que les marins n'attendent trop le cycliste ni que le cycliste ne désespère devant l'horizon vide.

J'opérais mes calculs entre ce que je manquerais (les déchirures des caps battus de soleil) et ce que je raflerais (des troupeaux de lumière sur les collines intérieures).

Le Connemara est un dos de bête usée. Le silence écrase ces pelades piquetées de lacs gris. Un paysage de retrait glaciaire a toujours des airs épuisés. Je pédalais cent kilomètres dans ce sanglot.

Rouler vers un voilier qui remontait au vent : convergence des luttes. Par les lacs et par les *loughs*, les herbes faisaient la houle. Parfois une tour en ruine perçait une sapinière. Un éclat de soleil frappait les collines. Le gneiss retenait l'eau. L'eau reflétait les nuages. Les marais composaient un vitrail gris que le ciel n'égayait pas.

La féerie d'un lieu peut se définir par son charme. Le charme est le nom de la beauté domptée par la douceur. On peut composer l'image de cette féerie-là comme on fait un bouquet. Elle est méticuleuse plus que grandiose. Y entrent la lumière saupoudrée d'un feuillage, la sonate d'un filet de source, la courbe d'un muret ombragé d'arbres lisses. C'est un creuset pour les heures en paix. L'esprit s'y rassure, l'âme s'y attendrit, le corps s'y repose. On pense à Rousseau couché au fond de sa barque. On jouit de la filtration de la vie par la subtilité du lieu.

Dans les gneiss du Connemara équarris par les tectoniques, il n'y avait rien de ces délicatesses. Il n'y avait que la terre desquamée, les collines harassées par les glaciations, la gouge des vallons et l'étranglement des ombilics. Ce rabot faisait le gros dos sous le vent. Ce n'était pas le féerique du charme mais le féerique du spectaculaire. Les dieux avaient tapé sur l'enclume au marteau.

La fée ou le forgeron. La fontaine ou le marécage. Le bosquet ou l'auge. Le charme ou le grandiose. La recherche des fées imposait d'osciller dans ces dialectiques. J'aimais à m'avancer ainsi dans les tensions du monde, avec mon petit sabre de bois, et à jouer à trancher les nœuds et à choisir mon camp.

Ensuite, j'écrivais à grands coups. Paf le jour ! Paf la nuit ! La mer et la terre. La falaise et le bocage. Mes voyages balançaient entre les termes contradictoires. Mes livres enregistraient les images contrariées. Le large et les îles. La cabine et le grand vent. Le refuge et la paroi. La croix et le turban. C'était comme cela que je considérais la vie : une opposition. Le mariage ou l'aventure. La verte clairière ou les rabots glaciaires. Les enfants ou la vie.

Et mon plaisir était de ne jamais m'éterniser dans les stades intermédiaires, d'éviter les transitions et de chercher son antidote à toute situation. J'allais du parvis à la nef, de la steppe à la ville, des chemins noirs aux chemins blancs.

Entre *l'arrêt et le mouvement*, peut-être existait-il des gradations ? Peut-être faudrait-il un jour user d'une autre méthode, plus subtile. Elle consisterait à cesser le bras de fer. Alors, la vie ne se réduirait plus à la bascule d'un bord à l'autre. Il s'agirait de s'engager à pas feutrés dans la *douceur des choses.* Il faudrait s'entraîner ! Il est ardu de tout embrasser. On pourrait accueillir les occasions sans les dresser les unes contre les autres. On choisirait de « choisir tout », comme la petite Thérèse à Lisieux. Puis on s'emploierait à tout harmonier. Le triskell serait l'emblème de l'accordement. Et l'entrelacement remplacerait le sectionnement.

Trois spirales unies partaient du même centre et tournaient chacune dans son propre cycle, reliées. Les contraires pouvaient chatoyer, Héraclite l'ignorait. Le triskell était un nœud gordien réussi et non encore tranché.

De la ruine du château de Clifden, je vis mes amis affaler les voiles à l'entrée de la baie. Le soir j'exposais les théories du jour à la table du carré. Mes amis avaient de l'indulgence pour le vaseux. Ils écoutaient, patients. Humann retournait les crêpes. Benoît tirait sur un cigare du Honduras en remplissant le livre de bord.

Benoît adoubait la théorie du triskell sans retour : il avait ses tourments de marin.

Humann croyait à la dialectique du charmant contre le grandiose : il connaissait les taïgas russes.

Le verbe

Il fallut deux jours pour atteindre Sligo. Passèrent les écueils en troupeaux, les arches marines et les tours percées.

La mythologie n'avait eu qu'à se servir dans ce magasin de formes.

Les roches torturées se prédisposaient aux légendes. Dans la calcination du désert naissent les dieux uniques. Sur les mers de brisants, les dragons et les fées. Le monothéisme descend du soleil. Les légendes montent de la brume.

Au pied des caps, les débris nous indiquaient comment le monde finirait. Parfois un pilier d'érosion faisait le guet devant la paroi. À moins qu'il n'attendît le coup de grâce. Passé Erris Head, tout fut noir et venteux dans le flux d'ouest. L'ouest, direction cardinale de la nuit, donc de la mort. Ce soir, le soleil se couchait contre le vent. Et les colonnes de strates empilées, rongées de sel, passaient dans la pénombre, garde morte d'une côte qui n'avait qu'à bien se tenir.

Au pied des faces, le ressac levait une fumée. La lumière du couchant irisait une dernière fois la vapeur. La mer écumait sa rage. Pure. L'ombre noire écrasait le sommet des éperons, trois cents mètres au-dessus des eaux. Les nuages architecturaient les « escarpements du ciel », comme les appelait Shelley dans son *Ode au vent d'ouest.* Mais si Shelley avait été forcé de virer de bord, choquer le hale-bas, border le génois et libérer la balancine toutes les vingt minutes, il n'aurait pas louangé le vent d'ouest à ce point.

Le vent devait avoir un projet. Il ne se calma pas. Les promontoires étaient des étraves abandonnées ou bien des pattes de griffons plantées dans l'eau. Tout s'enivrait : les mouettes, les fous, les vagues, les embruns. Seule la terre tenait bon. Le vent est la joie de vivre de la mer.

Des dauphins jouaient dans les vagues. « Ils nagent comme ils respirent », dit Humann. Il s'envoyait un whisky brun au bon fumet de joie en cendre. Cela le changeait de la vodka. Elle a le goût de la mort. Le whisky a le goût du cercueil.

Le bateau nous donna du mal. La navigation à voile, moyen d'aller où l'on veut à condition de le décider une fois arrivé. Benoît ne lâchait jamais la barre. « Mon moteur, c'est la voile », disait-il.

Le lendemain, sur la jetée du port de Sligo, le soleil était revenu. En Irlande, quand le thermomètre affiche 19 °C, les jeunes affluent à la baignade, roses et replets. Leur joie est de se jeter d'un ponton en béton dans l'eau glacée pour s'écrier en s'écrasant dans le varech : « *What a lovely day !* »

Du pont, on regardait les mouettes dans le ciel et les Anglais dans l'algue. Importance du milieu naturel.

Je quittai le bord pour honorer un serment : voir le lac d'Innisfree, à vingt kilomètres du débarcadère de Sligo. J'aimais voyager vers les lieux comme vers un rendez-vous d'amour. C'est un objectif solide car les lieux sont fidèles. Ils trahissent peu. À moins d'un glissement de terrain.

Yeats avait fait du lac un poème. Je collectionnais les branle-bas poétiques. Le plus claquant, de Byron : « *Again to the sea.* » Le plus éternel, du Christ : « Viens et suis-moi. » Yeats : « *I will arise and go now, and go to Innisfree.* »

À quoi ressemblait ce lac qui justifiait que Yeats se levât pour lui ? Je pédalais dans les sous-bois de la fraîcheur, au creux des vallons. Je continuai à pied. La mousse recouvrait les murets pour qu'on les franchît sans se blesser. Je débouchai sur la corne orientale du lac. Il était beau mais conforme à l'imagerie commune. S'il n'avait pas été adoubé par le poète, il serait resté une flaque anonyme dans la géographie des gentils lieux du monde. Le lieu-dit était devenu haut lieu par le verbe. Le mythe, c'est l'insignifiant décrit par la poésie. Trempez un poète dans un lac : c'est le lieu qui se trouve béni.

Yeats avait été l'un des promoteurs du renouveau celtique. Au XIXe siècle, l'Irlande survivait, miséreuse. Entre le chagrin et le sang poussaient quelques pommes de terre. Les Anglais persécutaient l'Éire. L'acte d'Union avait été signé en 1800, arrimage forcé de l'île verte à la Grande-Bretagne. Affamée, l'Irlande s'était ébrouée au milieu du siècle. Le mouvement Young Ireland, réunion d'artistes et de penseurs, sonna le réveil. Ce fut un combat des arts et des lettres. Il prépara les levées d'armes. En ce temps-là, les poètes amorçaient les insurrections. Deux cents ans plus tard : « Qu'est-ce qu'un poète ? »

Le mouvement ressemblait à son siècle. Partout en Europe, la révolution industrielle annonçait l'abolition de l'homme. Des cœurs purs entrevoyaient ce que le progrès leur ferait perdre. Déjà la modernité donnait sa forme au monde. Hideuse. La pollution, ombre du progrès, s'infiltrait dans les cœurs. Un siècle et demi plus tard on en est à se demander si on pourra sauver les meubles.

Parqué dans les murets des champs et la brique des usines, le peuple irlandais s'aperçut qu'il détenait une origine. Elle était glorieuse et noble, venue du ciel et de la mer. Les dieux et les marins s'étaient alliés pour inventer un peuple. On l'avait oublié. Le renouveau celtique servit à ranimer la flamme. Elle alluma les énergies. L'incendie mènerait à l'indépendance, en 1921.

Pour l'heure, à la ville, dans les fermes, à l'usine, intellectuels, artistes, révolutionnaires, curés et éleveurs de moutons militèrent pour instituer le gaélique comme langue officielle. Des linguistes bricolèrent des dictionnaires. On redécouvrit les arts et traditions populaires. On dressa les croix de Saint-Patrick, on broda des entrelacs sur les robes de lin, on dessina des harpes sur le blason des portes, on décora de trèfles le linteau des auberges. Les archéologues mirent au jour des sites. Ils confirmèrent les enthousiasmes. On prit ses largesses avec la rigueur. On inventait un peu. On se réjouissait beaucoup. On ne manqua pas d'imagination, ni de talent. On s'éprit des épopées d'Ossian, poète celtique qui se révéla *ne pas exister* ! C'était un canular, mais peu importait, car la plaisanterie servait une cause. Le pli était pris. Piqués de « celtomania », les préraphaélites peignirent des filles blondes sous des pluies de fleurs. Auparavant, Walter Scott avait levé des armées de chevaliers en armes. Le romantisme exalta le retour de la fée. Abusé par la farce d'Ossian, Chateaubriand chanta les « fils de Fingal ». Hugo, farceur génial qui ne manquait aucune kermesse, développa sa celtomania et injecta ses propres lutins dans ses alexandrins.

La « fée » symbolisait la lutte contre ce qui s'annonçait : le profit marchand, l'emprise technique, l'urbanisation grouillante, la folie de la foule. Et même si elle a perdu le combat au siècle 21, la fée incarne encore le refus d'un monde immonde gouverné par la stupidité des machines et la méchanceté des masses.

À la fin du siècle, Yeats battit campagne. « Les arts populaires sont une aristocratie de la pensée », proclama-t-il. Il recueillit les contes, frappa de ses poèmes le blason de l'identité irlandaise. Il lança un « renouveau littéraire celtique » et ouvrit l'Abbey Theatre, en 1904. Flanqué de Synge (le dingo des îles magiques), il mit en actes sa phrase sublime : « Je veux marteler mes pensées dans l'unité. »

La celtomania n'est pas œuvre d'historiens et le celtisme n'est pas chose sérieuse. Qu'est-ce que le celtisme ? Une façon de nommer les choses qui a servi de manière de voir le monde qui a servi de matière pour assembler un peuple.

Foire des représentations, le renouveau celtique constituait une proposition culturelle pour alimenter l'insurrection menant à l'indépendance. Elle eut sa part de délire. Elle eut ses mensonges. Elle triompha. Le succès est sa légitimité.

L'Irlande est indépendante depuis plus d'un siècle. L'identité celtique est une sculpture taillée il y a deux cent cinquante ans par une troupe de poètes, de marins, de paysans qui ont lancé un appel dont l'écho s'amplifia. De la Galice à l'Écosse, sonnent aujourd'hui les cornemuses d'une idée très récente, enracinée dans une mythologie très lointaine.

Les esprits rationnels y voient une affabulation doublée d'une imposture. Le sentiment d'une appartenance à un espace géo-spirituel rebute les âmes techniques. Certains historiens à la triste figure dénoncent l'artifice des imageries mentales celtiques. Ces moralisateurs craignent les discours sur « l'origine commune ». Ils aspirent à une Histoire rationnelle.

Qui peut sérieusement croire que l'Histoire n'est pas un roman ?

Toute écriture n'est-elle pas réécriture ? Faut-il se plaindre que la poésie infiltre la politique ?

Toute idée a ses mythes, tout discours ses symboles, tout programme ses arrangements. Même la pensée progressiste possède ses mythologies, ses morceaux de bravoure et ses propres poèmes. Après tout, le Gavroche de Paris pistolet de l'égalité au poing n'a pas plus de réalité que la reine blonde jouant de la harpe celtique au milieu des menhirs.

Est-ce un crime de fixer dans le mythe l'origine d'un peuple ?

Une chose sut me distraire des rêveries de Yeats : le bain froid dans le lac et les trente kilomètres de bicyclette, pour rejoindre le bord.

Le lac d'Innisfree opérait sa magie. Ce matin je doutais de l'idée celte, ce soir je rêvais d'en être.

L'unique

Encore lointaine, l'Écosse était déjà dans nos pensées.

L'infusion dans le lac d'Innisfree avait réveillé notre celtomanie.

À bord, personne n'était dupe. Nous savions que le « renouveau celtique » procédait de la propagande. Pis ! d'une ferblanterie politico-romantique. Nous n'en aimions pas moins les récits de navigations magiques et d'îles suspendues. Les images enluminent le réel. La vie chatoie, blasonnée de symboles. Il faut aimer l'idée de se déplacer dans un vitrail. Les enfants le savent car ils ne sont pas fous. Ils aiment à se costumer. Un jour soldat, un jour pirate, le lendemain chevalier. Pressentant le costume trois-pièces de l'adulte ils se dépêchent de vivre en Apaches. Notre bateau était le lieu idéal où nous déguiser en enfants.

Humann branchait la cornemuse irlandaise dans les enceintes du bord. Je portais une croix celtique autour du cou. Benoît pavoisait les élingues de pavillons à entrelacs. Il y avait un kilt à bord, que je revêtis parfois pour mon quart. Nous étions ridicules. Le voilier n'avançait pas moins. Huit nœuds de moyenne aujourd'hui. Le mouvement légitimait les rêveries.

On déplia la carte. Il faudrait dix jours pour passer le cap Malin et prendre cap vers l'Écosse. En face, de l'autre côté du North Channel (en haut de la mer d'Irlande), sous les îles Hébrides, se tenait l'île de Fingal et sa grotte basaltique à gueule béante ouverte sur l'ouest pour manger le soleil. Elle avait inspiré Jules Verne. Le ressac y battait l'écho d'une chanson réverbérée par les orgues de lave. C'était la chanson de la mer éternelle et des royautés provisoires. Je rêvais d'y jouer un air de flûte. Mendelssohn en avait fait une symphonie, Turner un tableau, Walter Scott un poème. Cela valait le détour. Un orchestre, un poème, un tableau : trois étoiles au Michelin.

Il y avait de la route. D'abord, rejoindre l'archipel d'Arranmore (un nom de roi !), passer entre les secs et monter vers Gola (un nom de fée !). Dépassé Gola, on infléchirait la route pour coiffer l'angle nord-ouest de l'Irlande. Puis ce serait le cap Malin, avant le bond vers l'Écosse.

Sur l'îlot d'Inishmurray, il s'était passé deux choses. Les fougères avaient mangé les ruines du village et les Vikings rasé le monastère. Je bivouaquai au pied des croix celtiques. Le lierre rampait sur les socles. Les ronces assuraient la défense des maisons abandonnées quelques décennies plus tôt. On se déchira les jambes à visiter l'île. Au moins, au promontoire de l'ouest, ne laissâmes-nous pas le soleil se coucher sans un regard d'adoration. Puis la lune roussit la mer. Il y eut des hurlements dans la nuit que je pris pour des cris de mouettes. Étaient-ce les oiseaux qui criaient dans la nuit ?

Dans les tourbières surplombant le village de Portnoo, une île marécageuse abritait un rempart. La ruine circulaire survivait depuis l'âge du fer. Quel prince avait tourné autour de cette fortification battant dans son crâne la question de la mort ? Comment ne pas virer hamlétien dans ces marais ? La désolation du plateau annonçait les landes du nord, splendide monde spongieux. Là-bas, dans la vieille Calédonie, existait un paysage pour la tristesse et la beauté.

Rien n'y avait changé depuis des millénaires. Seul le vent tournait parfois.

Nous arrivâmes avant l'orage dans le petit port de Buncrana. Benoît visait la passe étroite. À la radio, le préposé censé nous guider parlait d'une voix pâteuse.

— La profondeur ? s'énervait Benoît.

— Peu importe, c'est de la vase ! répondit l'homme.

Il s'appelait Grant, c'était une barrique au visage rouge, parfaitement jovial, très cramé de whisky, énormément indifférent à ce qui se passait sur ses pontons. Il nous emmena à la taverne où nous lui offrîmes un coup à boire en hommage à l'art de se foutre de tout qui avait l'air de le rendre heureux.

Le lendemain à Malin Head, cap nord de l'Irlande, la mer hypnotisait les hommes. Avant d'atteindre le bord de la falaise, on la voyait apparaître, vivante. Elle respirait, c'était l'esprit du mouvement au repos.

J'avais l'anthologie de la poésie anglaise dans l'édition de la Pléiade. Ce gros livre rouge me servait de repose-tête quand je dormais dans l'herbe salée. Le molleton de cuir et les pages de papier bible gonflées de sel faisaient un coussin. Les poèmes assuraient la conversation au réveil.

Un poème de Wordsworth donnait l'explication de la mer.

Lui, le chantre des montagnes, randonneur des landes écossaises, avait compris que la nature est le nom de l'onde unique.

Jeune, il regardait le monde dans sa diffraction, ébloui de variété. Ici un rocher, là une fleur, un nuage, une forêt.

Plus tard, il apprit à entendre « l'harmonie triste et calme de l'humanité ». Il découvrit « le sentiment sublime d'une chose mêlée intimement en tout ».

Il cessa de s'extasier devant les phénomènes. Il cherchait l'absolu. Ne trouverait-il que des formes ?

Alors, tout devint unique à ses yeux. Comme aux miens, ce matin, au cap Malin.

La mer, la rassembleuse, transfusait dans mon cœur le sentiment de l'unité.

Je descendis sur les récifs, et rejoignis un îlot séparé de la falaise par une faille profonde, large d'un mètre. Longtemps, comme tout enfant vorace, j'avais vénéré l'efflorescence. La nature regorgeait de trésors. L'imagination humaine n'aurait pas pu en imaginer le millième. L'œil s'en gorgeait. La main les raflait. Le monde était un cabinet de curiosités !

J'avais étudié les sciences naturelles pour connaître le nom des pierres, des pucerons et rendre mes dévotions à la germination. Baptiser d'un nom ce que vous vénérez constitue la moindre des politesses dans le jardin du monde. Je célébrais dans mes voyages la variété des marqueteries. Je m'extasiais de l'inventivité du Bios. Du même miracle étaient nés le phasme et le condor.

Ce matin, après les vers de Wordsworth, je reçus une révélation de l'unité. Une onde naissait de l'origine. Elle se réverbérait dans le corps. On percevait un étourdissement. Jack Kerouac appelait *satori* cette expérience morale doublée de son effet physiologique. Autre explication, dit Humann : « Tu n'as rien avalé depuis hier midi. »

Moins de formes, plus d'unité. Moins de phénomènes, plus d'absolu. Moins de créatures, plus de création : était-ce cela le passage de la fée au féerique ?

Hélas, le sentiment de l'unité du monde inoculait sa mélancolie. Une fois saisi le principe de l'onde unique, il fallait accepter sa diffraction. Le *manteau d'arlequin* du monde, kaléidoscope des formes du vivant, nous avait réjouis. Nous autres, enfants rêveurs, avions même voué nos vies à en fouiller les détails. À présent, ces chatoiements nous chagrinaient. Car les propriétés proclamaient la fin de l'unique. Grandir, c'est comprendre le triomphe des parties sur le tout. Alors, comme Lawrence d'Arabie réveillé de son rêve, on murmurait : « Et je sus combien j'étais triste. »

VI

En Écosse

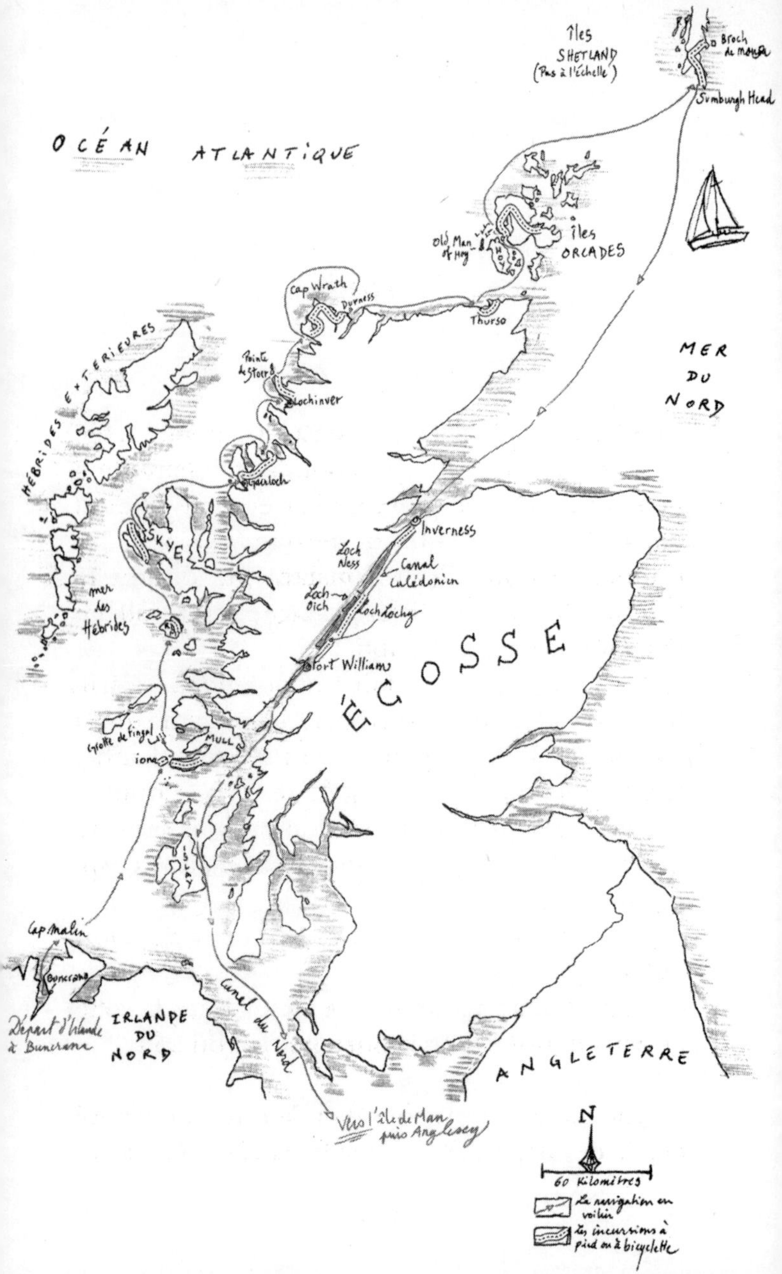
Îles
SHETLAND
(Pas à l'échelle)
Sumburgh Head
OCÉAN ATLANTIQUE
Old Man of Hoy
HOY
Îles
ORCADES
Cap Wrath
Durness
Thurso
MER
DU
NORD
HÉBRIDES EXTÉRIEURES
Pointe de Stoer
Lochinver
Inverness
Loch Ness
Canal Calédonien
Loch Oich
Loch Lochy
SKYE
mer des Hébrides
Fort William
ÉCOSSE
Grotte de Fingal
MULL
iona
ISLAY
Cap Malin
Buncrana
Départ d'Irlande à Buncrana
IRLANDE
DU
NORD
Canal du Nord
ANGLETERRE
Vers l'île de Man puis Anglesey
N
60 Kilomètres
La navigation en voilier
Les incursions à pied ou à bicyclette

L'espace

De l'Irlande, j'héritai d'un enseignement. La fée ne s'apprivoise, ni ne se commande, pareille à l'oiseau de Carmen. On ne l'attend pas elle est là, on la cherche elle se dérobe. On peut lui donner le nom de tout instant où, devant la beauté d'un visage, d'un paysage, l'être s'allège dans un lavement d'oubli.

À seize ans, j'avais fait un poème de mirliton : « Pourquoi a-t-on brûlé les fées de mon enfance ? » J'avais eu tort. Aucune fée ne flambe. C'est simplement qu'un jour le cœur l'oublie, l'esprit ne veut plus la reconnaître, les sens ne savent plus la détecter, distraits par d'autres captations.

Pourquoi revenaient-elles, les fées de mon enfance ?

Nous quittâmes l'Irlande à l'anglaise, à la voile et dans le noir. Il était onze heures du soir.

Que poursuivions-nous dans la nuit ? Pourquoi la joie des départs ? Dès que le bateau frémissait :

excitation bestiale, soulagement de l'être. Partir : est-ce rêver ? Hélas, Wordsworth avait sa réponse : le voyageur est l'éternel insatisfait, « qui fuit ce qu'il craint plus qu'il ne poursuit ce qu'il aime ».

Nous montions vers le nord toucher à d'autres îles. Nous découvririons d'autres caps, dormirions dans d'autres grottes et prendrions la mesure de la puissance du ciel au sommet d'autres promontoires. Ce serait encore l'écosystème du crépuscule : la terre fécondée par le soir, la mer se préparant à la nuit, les hommes endormis et le ciel accueillant leurs rêves.

Benoît prit le premier quart, moi le second, Humann le dernier. De trois à six heures du matin, je regardai la mer à la barre. Les bateaux promenaient leur lumignon dans l'obscurité. Naviguer de nuit, c'est surveiller des lampadaires. La houle poussait du sud. Le vent soufflait assez pour tenir les sept nœuds. À l'aube nous atteindrions Iona, première île écossaise abordée par les évangélisateurs irlandais.

Je remâchais Wordsworth. Sur cette Terre, il y avait eu un commencement. Puis la vie était apparue et avait ramifié l'énergie princeps. L'élan vital avait investi chaque parcelle du monde. À sept mille mètres d'altitude vivaient des araignées. Dans les abysses, le calamar. Entre les deux ? Un carnaval ! Tout lieu était occupé, défendu, attaqué. L'espace séparait des êtres que le temps avait créés. L'espace était à la fois la bataille et le champ de la bataille. Le temps était l'être et le père des êtres. L'espace séparait les corps, le temps apaisait les cœurs. L'espace forçait les spécialisations, justifiait les conquêtes, formait les bataillons. Le temps dissolvait les corps, remettait les péchés, séchait les larmes. L'espace blessait. Le temps réconciliait.

L'espace, c'était le diable. Dieu, c'était le temps. Plein nord, c'était Iona.

Le vent soufflait sur l'île. Elle tenait.

Saint Colomba y débarqua au VIe siècle pour répandre le christianisme dans les ronces. Le saint venait d'Irlande à bord d'une barque pleine de prédicateurs. Cette image des saints embarqués dans un esquif vers une île à féconder fit florès. Les pères *pilgrims* du *Mayflower* ne faisaient rien d'autre en cinglant vers le Nouveau Monde : ils continuaient la civilisation sur une « terre promise ». Iona : préfiguration du saut de 1620 par-dessus l'Atlantique. Aujourd'hui, les descendants obèses des pères fondateurs flinguaient les pauvres nègres dans des villes de béton. Tant de rêves pour en arriver là. Quelle promesse que la géographie, quelle déception que l'Histoire !

L'épée

Devant la chapelle de Saint-Oran une stèle plantée dans le sol accueillait le visiteur. Une épée flanquée de motifs entrelacés diffusait le message de la terre de l'Ouest : le mal et le bien s'emmêlent dans l'âme humaine. L'homme, voilier dans le vent. Les forces s'opposent, il va. Ce qui se contredit avance. Ce qui s'entrelace est beau. La pureté, vœu hygiéniste, cache une faiblesse d'esprit. Tout ne se noue-t-il pas dans l'être ? La part de l'homme est ambiguë, bien et mal mêlés. Elle n'autorise pas les catégories simples. Au cœur de l'être demeure la tension. Ni l'ange ni la bête ne sont séparés. Et l'âme humaine constitue toujours et à jamais le lieu de leur lutte qui parfois est l'autre nom de l'amour. Tout juste, un jour, peut-on se saisir de l'épée et trancher l'entrelacs. Alors, fin de l'aporie. Le serpent se dénoue. Le mêlé se démêle, la spirale se déroule, le flux se calme. Pourquoi les croix celtiques barrent-elles les cercles ? Parce que tout s'est délié là où tout se fermait.

Le principe de l'entrelacs ne ressemble pas à notre époque qui aime les dalles de béton et les plaques de verre, l'équarri et le transparent, le facile et l'évident, le binaire et le défini. « Malheur à moi, je suis nuance ! » dit Nietzsche. Comme il aurait été malheureux, le pauvre fou moustachu, dans le siècle 21 !

Nous marchions sur les landes d'Iona. La tourbe diffusait des odeurs de tabac. La tourbe, cimetière du temps. Chaque bruyère piquée par le soleil mettait une touche suave dans le délabrement de rochers que des millénaires de glaciation avaient découragés de se dresser.

Parfois, un rayon de soleil. Vite ! s'allonger sur le granit pour capter un peu de chaleur…

On navigua quinze jours vers le nord dans l'archipel écossais. Nous étions fidèles à la rythmique : débarquement, embarquement, collines et vagues, jours d'embruns, nuits de landes. Que celui qui croit la mer bleue se donne la peine de naviguer. Que celui qui croit la terre immobile débarque après deux jours en mer.

Dans la baie de Carsaig, le paysage rompait le principe de perfection. Les étagements appartenaient à des représentations trop disparates pour s'harmonier. Les rêveries s'opposaient. On aurait dit qu'un enfant avait assemblé les motifs en désordre. La furie des vagues battait une plage basaltique ourlée de murets. Ils séparaient des pâturages tondus par les moutons du domaine. Les pentes montaient vers un manoir néogothique soucieux comme un visage protestant. Cette pastille ponctuait une forêt noire. Couronnant l'austérité, un crêt d'orgues portait un plateau de landes couleur cuivre. Une cascade en tombait dont le voile se faisait retrousser par le vent. Au loin, les promontoires électriques, battus de bleu, vitalisaient le ciel. Ces paysages-là criaient « fuyez ! » quand d'autres agençant la marqueterie des sources et des bois disaient « venez ! ».

On reprit la mer.

Les îles passaient, effrayantes ou amicales. Comme il était facile pour nos faibles imaginations d'associer des formes à ces écroulements dont les plans s'intercalaient dans les rideaux de pluie et de lumière. Parfois le ressac refusait nos débarquements : l'impossibilité d'une île.

Sur l'île de Rùm nous marchâmes avec rage vers le sommet, pressés de traverser les brumes comme s'il en allait de notre vie. Rien ne poussait sur la lande sinon le bois des cerfs débusqués. La tristesse nous soulevait. Quelle tristesse ? L'immense mélancolie du paysage qui se versait dans le cœur. On naviguait, les jambes brisées de tant de marches. On accostait, les doigts gourds de tirer sur les écoutes.

L'origine

On accéda à la grotte de Fingal par un trottoir de lave. Un tunnel s'enfonçait dans le basalte jusqu'à buter contre la paroi à cent mètres du porche d'entrée. L'onde des vagues s'écrasait au fond. Un mugissement emplissait l'antre. Il résumait l'océan.

À l'extrémité du boyau, assis dans la pénombre sur les tables octogonales, j'épuisais mon répertoire de flûte. Combien avais-je rêvé de mêler mes *scottishs* et les berceuses hongroises de mon enfance à l'écho du ressac ! Dans mon dos, par l'enchâssure, le crépuscule déchirait déjà le ciel. La houle battait le pouls de l'Ouest. Pourquoi revenir à l'air libre ?

Les structures basaltiques témoignaient d'une écriture invisible aux hommes. En refroidissant, les laves effusives avaient reproduit une combinaison. Les orgues alvéolées révélaient une organisation. Quel ordre permettait de tels agencements ? Était-ce une partition ? Qui l'avait composée ? Sur Terre, on trouvait parfois pareilles séquences cryptogrammiques : constellations d'étoiles, fractales des flocons, angles de cristaux, ramures palmées, dispositions en écaille, reflets des quartz. Que disaient ces hiéroglyphes ? Que scandait cette rythmique ? La grotte de Fingal était une serrure dont nous ne possédions pas la clef.

Je restai trois heures dans la moiteur, à température constante, hypnotisé par le ressac. Il fallait se secouer pour s'arracher au purgatoire. On n'y produisait aucune idée. Il était rassurant de s'abrutir dans la torpeur. Au-dedans : satisfaction de la vie organique. Au-dehors : liberté des oiseaux, et danger de la rencontre. Dedans, le temps ne passait plus. Dehors, tournait l'horloge. Pourquoi quitter les goulets sans retour ? Pourquoi sortir de l'humide ? Pour se déchirer les mollets dans les ronces et risquer les coups de bôme sur la tête ? L'aventure, cette faute de goût.

Je vivais dans la grotte l'expérience renversée du tunnel de Bosch. Le paradis était dedans ; la lueur annonçait les malheurs. Je sortis pourtant à neuf heures du soir. Que cherche-t-on dans une vie d'errance ? Quel Graal ? Une grotte de Fingal, douce et salée, où pénétrer interminablement.

Les piliers

Les falaises défendaient Skye. Île veut dire citadelle. Nul Anglais ne l'ignore. Les oiseaux étaient seuls bienvenus dans les crénelures – condamnés à ne jamais sécher. Le voilier longea la côte occidentale de l'île. Les caps défilaient : parfois des portes obscures où s'écroulaient des plastrons de plantes salines. D'autres fois, des proues sèches sans peur ni reproche. Les promontoires affrontaient les vents nouveaux. Ils tournaient le dos aux souvenirs des guerres entre les Pictes du Nord et les Scots, débarqués de l'Irlande. La lande avait bu le sang, la houle couvert les cris, le vent remis les peines.

On contourna la péninsule de Dunvegan, et embouqua le loch pour mouiller devant la table volcanique de MacLeod, au nord de l'île. La montagne de basalte dominait la péninsule, avec sa forme de chaudron. Le regard revenait toujours à ce totem.

C'était un mouillage de courtoisie. On choisissait sa bouée, on s'y arrimait et le lendemain on déposait son écot dans une *honesty box*. En un endroit si beau, nul n'aurait resquillé.

Humann était devenu un spécialiste du débarquement express des bicyclettes. En deux minutes il les extrayait de la cale, les agençait et les descendait sur le ponton. Il avait acquis le tour de main des préparateurs du Tour de France ! Une seule fois, ma bicyclette tomba à l'eau et je dus plonger pour la repêcher, plantée dans la vase et sous la coque à trois mètres de profondeur. Humann gratifia l'incident d'un proverbe russe : « Nous avons essayé de faire au mieux mais ce fut comme d'habitude. »

Je sillonnai les *loughs*. La rousseur des landes flambait le paysage. Je visitai chaque pointe, jusqu'aux Macleod's Maidens, aiguilles maritimes plantées sur la côte sud. Sous des trombes d'eau, je croisai une promeneuse fluo : « *Enjoy* », me dit-elle, ruisselante. La pluie galvanise l'Angliche.

Assis au bord du vide, je regardais les pilastres, dressés devant la falaise. Les Anglais appellent *stacks* les piliers d'érosion, nés du retrait de côte. Sous les coups du ressac, la falaise s'éboule et la terre recule. Pourquoi un pilier résiste-t-il, dressant sa solitude devant la terre à laquelle il n'appartient plus ? Pourquoi ici plutôt qu'ailleurs ? La Terre poursuit le roman de sa destruction. Dans le conte, demeure ici ou là une quenouille magique.

Les Macleod's Maidens veillaient, séparées de la paroi à moins d'une centaine de mètres.

Elles faisaient front. La houle les battait, le vent les sculptait. Elles s'écrouleraient les premières. Plantées dans le ressac, elles symbolisaient la position noble. À l'écart, droites et seules.

Les Anglais appellent *old man* les *stacks.* Ils ont raison. On dirait des vieillards, partant mourir au large. S'en aller, noblesse ultime.

Politiquement, ces piliers symbolisent la position du dissident. Le stack se détache. Désarrimé (désengagé, dirait-on en politique), il n'appartient plus au corps constitué. Vomissant la masse, il s'en distingue. « Ni au-dessus, ni au-dessous, à côté », disait le dandy des bocages, Barbey d'Aurevilly.

Si le stack était un homme, il serait le réfractaire, solitaire plus que solidaire, esthète plutôt que militant, préférant la posture à la position. Pourquoi se battrait-il contre l'autorité ? *So* vulgaire ! Son *pas de côté* est sa protestation. Son départ sa légitimité. En s'écartant, il embarrasse l'État. L'autorité sait lutter contre le terroriste : il suffit d'envoyer la troupe. Mais comment s'en prendre aux fantômes ?

— Les gars ! dis-je à Benoît et Humann, les stacks sont des modèles : des refuzniks !

— Aux pieds trempés ! dit Humann.

Les mouettes, moins versées que moi dans les allégories, semblaient y trouver des perchoirs parfaits. Je rêvais de me tenir un jour à la pointe de ces bilboquets.

La pliure

Au nord, il y eut d'autres stacks. Quand nous gagnions le rebord des falaises, leur tête apparaissait entre les linaigrettes. On s'approchait, le vide se creusait, le stack se dévoilait.

« Salut à vous, les hommes libres, gueulions-nous. *Old man of Stoer, old man of Storr, old man of Hoy* : vous nous avez quittés ! Vous tomberez sans jamais revenir ! »

Puis ce furent les villages du Sutherland, au nord de l'Écosse. Dans la bruine, je saisis une vérité britannique : l'amitié de la vie peut se précipiter dans le rond d'une tasse de thé sur une table de bois. Définition possible de la fée : la conscience d'un moment. La fumée d'un Earl Grey quand la pluie frappait au carreau pouvait faire l'affaire. Modestie de la fée : « Instant, demeure, tu es si beau », dit le Faust de Goethe.

Une fois, rentrant au bateau, je débusquai de grands cerfs dans les rues vides d'un village. Ils se frottaient le dos aux lampadaires. C'était une vision de fin du monde. En ce début de siècle, quelque chose souffrait. La machine empiétait sur l'homme. L'âme du monde se retirait sous les coups de la multitude et de l'extase technique. Les écrans clignotaient, les puces pulsaient, les algorithmes tournaient, la marchandise ensevelissait la terre, les têtes se vidaient, les cœurs se cuirassaient. Les fées reculaient. Devant ces cervidés dans les ruelles vides, il y avait une préfiguration de la fin de l'homme. « Si le divin a existé, alors il reviendra car il est éternel », écrivait Hölderlin à Hegel en 1797. Je n'en étais pas convaincu. Restait la fée. Au moins son nom signifiait-il la tentative d'échapper à l'immonde mâchoire de l'utile et du profitable.

Benoît me débarqua sur la plage d'Oldshoremore, dans une lumière d'or. Le ciel se referma vite, la lande reprit sa teinte de plomb. Des pentes s'inclinaient doucement vers la mer. Soudain, elles franchissaient le pas, et hop ! c'étaient des falaises.

Pendant deux jours, je battis la côte à pied vers le cap Wrath à la pointe nord de la Grande-Bretagne. Je bivouaquais sur les affleurements de granit : c'étaient des îles inversées, boucliers secs dans la lande trempée. Les glaciers avaient lissé et strié les rochers : on pouvait s'allonger. Mélancolie de ce paysage façonné par une force disparue. Le relief est la mémoire d'un ordre ancien. Parfois, en ville, le cœur se serrait de la même tristesse. On reconnaissait la trace d'époque enfuie. Rien dans la nôtre n'égalait le passé. À Rome, des marchands de glaces colonisaient le pied du Colisée. À Paris, des panneaux débiles brisaient les perspectives. Ici, une plage de sable trahissait l'ancien front morainique. Jamais la gloire ne remplaçait la puissance. Sur le sable, des traces de loutres témoignaient de chasses frénétiques. Dans les dunes, il y avait des oiseaux morts.

Les tourbières gorgées d'eau dessinaient des labyrinthes. On croyait rejoindre un tertre, on s'enfonçait à mi-jambe. Au début, le marcheur d'Écosse, pauvre naïf, tente de contourner les flaques. Bientôt il comprend que la terre entière est une fondrière. Mieux vaut tracer l'azimut, dans l'éponge. Même les pentes étaient gorgées. L'eau ne ruisselait pas. Elle imprégnait le monde.

Des cerfs fuyaient à cent mètres de moi. La ligne de leur dos ondulait dans le mouvement du terrain. Tout se mouvait dans ces bruyères. Les chasses du ciel faisaient un miroir aux vagues d'herbes. La nuit, la tente claqua dans les rafales. Au cap, un phare marquait l'angle de l'Écosse où se pliaient deux univers. Je pataugeai vers lui à travers la bruyère. Pauvre borne de la fin d'un monde. C'est le phare qui semblait égaré.

Le phare séparait les univers. Au sud-ouest, la façade celtique et ses archipels peuplés de forgerons qui s'intéressaient à la mort. Au nord-est, les mondes du Nord lavés de lumières rapides. Quand les Vikings passaient ce cap, ils changeaient de cosmos. Virant au sud, ils allaient vers un nouveau dieu, venu d'Israël, déjà installé dans les prairies fluo.

Les hommes du Nord naviguaient sur des knarrs, esquifs non pontés. Ils déboulèrent dans les îles celtiques au VIIIe siècle. Les Celtes s'étaient répandus depuis le Ve siècle avant Jésus-Christ dans les écueils atlantiques. Entre-temps, ils avaient été assagis par Rome, rationalisés par le christianisme. Leur restait à subir un dernier coup, administré par les Vikings. Ils ne s'en relèveraient pas.

Le Graal

L'Écosse diffusait par tous les replis de ses landes cette consolation : les fées survivent partout, même sous les cataractes de la tristesse.

Daniel Du Lac me rejoignit dans le port de Thurso, face aux îles Orcades. L'archipel vibrait à l'horizon, à moins de trente milles.

Nous partions vers le Old Man of Hoy, roi des stacks, au sud de l'archipel. Du Lac était arrivé de Paris avec un sac de cordes. Depuis vingt ans, mon ami, guide de haute montagne, vagabond des cimes, rappliquait toujours quand il y avait un sommet à gravir.

J'avais Benoît pour la mer, Du Lac pour les parois, Humann pour les steppes : j'étais paré pour courir le monde. Je palliais mes inaptitudes par l'art de savoir m'entourer.

À la barre, Benoît frôla le pied du stack. La colonne de grès s'élevait à quelques dizaines de mètres de la falaise côtière.

— C'est un lingam celto-shivaïte, dis-je à Du Lac.

— Il y a une voie à ouvrir dans la face sud, dit Du Lac.

Le stack dressait ses cent soixante mètres de grès, couverts de mousse verte. Sa tête se couronnait de pétrels fulminants et de mouettes modérées. Derrière lui, la côte s'effondrait. Il tenait bon. *Je maintiendrai*, disent les rois de Hollande. « Je suis là », dit le stack. On vogua en silence le long des châteaux morts. Les cathédrales s'étaient noyées. Demeurait une flèche.

Au port de Stromness, alors que je lisais une traduction d'*Ivanhoé*, la phrase fétiche de Du Lac – celle qui me poussait depuis vingt ans sur les crêtes du monde – retentit dans le carré : « Tesson ! on se casse. » Comme d'habitude, je fermai mon livre, bouclai mon sac, j'obéis. Je ne disais jamais *non* à Du Lac. Chardonne avait connu ce genre d'hypnotisme : « On croit agir, on est entraîné[1]. »

On prit le ferry-boat, on débarqua à Hoy, on marcha deux heures sous un ciel gris, sur la route qui reliait le port à la baie de Rackwick. Du Lac portait les cordes, je portais un kilt par respect pour le vent.

À Rackwick, un panneau prévenait le visiteur : « Les grimpeurs sont fermement prévenus que personne ne viendra les secourir. » Grandeur britannique : quand on laisse chacun crever dans son coin, rien ne coûte d'être

1. *Propos comme ça*, Grasset.

poli. À Chamonix, les militaires du peloton de gendarmerie de haute montagne préféraient sauver tout le monde, sans faire de politesses. Leur devise : « Vos souffrances font naître nos devoirs. » C'était d'une autre trempe que les obséquiosités rosbifs.

On bivouaqua dans la lande, près d'une source aux fougères. Le crépuscule s'éternisait, le stack aussi. Son sommet dépassait du crêt de la falaise. Le vent hurlait. Du Lac protégea la tente derrière un rempart de lauzes de grès qu'il redressa à grands ahanements. Il reprenait le vieux labeur mégalithique.

À l'aube, on grimpa le Old Man. Il fallut d'abord descendre la falaise jusqu'à la mer par des vires d'herbe iodée, traverser un platier basaltique jusqu'au pied de la colonne magique. Les fissures étaient humides. Du Lac exultait, escaladait vite, s'assurant aux rares pitons anglais. Avec nous, on avait Benoît qui n'avait jamais grimpé de grandes voies rocheuses. Puisqu'il nous imposait des quarts nocturnes, nous nous vengions en le suspendant dans les surplombs de sixième degré. Il n'eut aucun vertige et trouva plaisant bien que fort inutile de faire le singe sur un rocher maculé de guano. Un Anglais qu'on avait croisé la veille sur le ferry revenait de l'ascension du Old Man. On lui avait demandé ses impressions : « *Pretty horrible.* »

Le cri des phoques n'arrangeait rien. Leurs agonies de cornemuse se répercutaient sur les ruines. Les oiseaux nous insultaient. La mer bavait. Le ciel roulait. Le vent poussait ses lamentos et me retroussait le kilt. On se sentait de trop dans ce sépulcre. Soudain on fut au sommet. À nouveau ce sentiment de gratitude intégrale, moment fugace. Un court instant, l'univers vous procure sur le sommet ce dont vous ignoriez avoir besoin avant de l'atteindre.

Le lendemain, j'assurais Du Lac dans le mur de la face sud. On força une nouvelle ligne d'escalade de quatre longueurs de sixième et septième degrés sur un rocher instable. Du Lac, de strate en strate, s'assurait à de minuscules coinceurs métalliques fichés dans les fissures sableuses.

Puis il m'assurait et je le rejoignais. Tout s'écaillait. En bas, tout pétillait. Le soleil dans l'écume. L'écume sur le rocher. L'air vibrait. Les phoques beuglaient. Les oiseaux étaient fous. Du Lac soufflait. S'il était tombé, nos protections de métal se seraient arrachées. On fut à nouveau au sommet du Old Man of Hoy, baignés de splendeur compliquée et de joie primaire.

Que cherchait-on quand on cherchait le Graal ? Une coupe de la facture la plus précieuse ? Une modeste écuelle emplie du sang du Christ ? Un vase plein de ce que l'on voulait y trouver ? Là se tenait le génie de Chrétien de Troyes : n'avoir rien révélé, contraignant le chevalier à ne jamais cesser sa quête, forçant le roman à ne pas s'achever, offrant au lecteur d'imaginer ce qu'il voulait, l'incitant à toujours relire le conte.

« Graal » : tao de l'Occident, néant empli de son propre mystère, représentation née de l'absence et versée dans le vide. Le nom du Graal était légion. Mais à l'inverse de la légion satanique, cette légion-là scintillait de significations associées aux plus nobles vertus. Par les interprétations du Graal se rassemblaient les motifs de l'âme occidentale. C'était le vitrail de la grandeur d'être. Pureté, prouesse, valeur, aventure, amour ou foi, tout faisait sens, tout était Graal. Ô siècle béni (le douzième) où la chevalerie arrima une société à ces vertus de force et de beauté. Alors, le haut et le bas, le pur et le malpropre, la clarté et l'obscurité, le bien et le mal, le blanc et le noir ne se valaient pas.

Le chevalier sur le chemin cherchait la signification de son existence et le moyen de la hisser à sa plus haute définition. En aucun cas on n'eût réduit le Graal à un objet – fût-il une coupe christique. C'était autre chose. Cela pouvait signifier le rassemblement des plus hautes ambitions.

Une autre piste : le Graal correspondrait à la recherche elle-même. Seul importerait alors le mouvement menant de l'obscurité à la lumière, c'est-à-dire de la question à la réponse. La quête du Graal se serait ainsi définie par son propre élan. Naissant de son désir, vivant de sa mécanique, s'alimentant de sa propre existence, le Graal était la quête. « Ipséité du Graal », diraient les cuistres. On imaginait un lai :

— Que cherches-tu, chevalier ?

— Je cherche à chercher.

— Trouveras-tu ?

— Je ne veux pas trouver.

— Où vas-tu ?

— Où continue la quête.

— S'achèvera-t-elle ?

— Sa fin est de ne pas en avoir.

Avais-je atteint le Graal au sommet de ce stack ? Sur la plate-forme, suspendue entre ciel et mer, je me tenais sur un point de contact entre le réel et l'idéal. Le réel, c'était le grès. L'idéal, le sentiment qui me gonflait le cœur d'être rendu là où je me devais d'être. Rien ne me donnait envie de descendre. Ni le vent ne soufflait assez, ni la pluie ne tombait encore. Mon sentiment de plénitude sous l'immensité du ciel trouvait une patrie de dix mètres carrés bordée par cent soixante-cinq mètres de vide.

Pendant plus de deux mois, j'avais baptisé « surgissement de la fée » cette convergence des sensations, des émotions, des observations, cette *croisée de transepts.* Quelque chose pouvait apparaître pour peu qu'on s'en donnât la peine. La venue de la fée contredisait Yeats, la vie n'était sûrement pas « *a perpetual preparation for something that never happens* ».

Ici, les mains meurtries, debout au carrefour

de l'espace, du temps et de l'effort, j'avais atteint la « fine pointe » inventée par Vladimir Jankélévitch, instant total où tout s'accomplissait, où l'homme éprouvait enfin la conscience d'être parvenu à ce qu'il avait désiré sans avoir même su qu'il en rêvait.

Du Lac mit un terme à ces divagations. Il est facile de flotter dans les méditations vaseuses, quand hurlent les fulmars sur les mers en nage. « Tesson, il faut descendre. »

Ce n'était pas sérieux de se croire chez soi sur la pointe d'une aiguille. Tout commandait d'en partir.

Un sommet n'est jamais ni fine pointe ni point final.

Du Lac avait raison : nous ne savions décocher que des étapes.

La course continuait. Il fallait se tirer. Chercher encore l'ailleurs. Et pour l'instant descendre. La quête reprenait, le mouvement renaissait.

D'ailleurs Du Lac avait déjà balancé dans le vide les cinquante mètres de corde dont le vent fouettait les brins contre la roche. Le Graal, c'était de repartir.

Tant qu'il fallait aller le chercher, c'était qu'on l'avait trouvé.

La reine

Pour la troisième nuit consécutive, on dormit derrière la haie de pierres plates. Couchés contre elles, on pouvait fumer : luxe des bivouacs de hurle-vent. La tourbe des petits havanes dans la bouche, la tourbe de la vieille Écosse dans le dos.

— Comment appellera-t-on la voie d'escalade, Du Lac ?

— « Le retour du roi. »

On leva l'ancre vers les Shetland. Du Lac était reparti à l'aube, en ferry, pour la France. La mer verte et brisée dépêchait des lames de quatre mètres. Ni oiseaux ni dauphins : personne d'autre que nous sous le ciel gris. Seul le vent était de sortie. Les îles glissaient, bêtes noires.

On roula vingt-quatre heures au nord-nord-est. Là-bas, dans les Shetland, la carte signalait encore des toponymes gaéliques. Le reste était le domaine des Pictes, porte du Nord. L'archipel bornait la fin de l'arc celtique et conclurait ma ballade des fées du temps jadis. J'avais l'idée de débarquer quelques heures à la pointe de Sumburgh au sud de Mainland et de rentrer en France. Il faudrait alors trois semaines pour regagner la Bretagne.

À la barre, rincé, je pensais aux rois, aux stacks, aux escalades. Un fulmar avait décidé de nous escorter. À neuf heures du soir Benoît vint me relever. Il passa la tête par la coupée : « La reine d'Angleterre est morte. »

Et nous qui évoquions la veille *le retour du roi* en grimpant sur le Old Man !

Les Anglais n'avaient pas assassiné leur souverain. À nous autres, Français de la guillotine, restait le rêve au goût de cendre. Je fus triste.

Le roi

La geste arthurienne avait exprimé l'espoir d'un retour. Arthur incarnait la figure messianique du roi parfait donc impossible. Peu importait qu'il se fût contenté d'être un petit hobereau du Vᵉ siècle. Geoffroy de Monmouth et Chrétien de Troyes l'avaient transformé en mythe. Qu'importait qu'il n'eût point tout à fait existé. « Arthur, le bon roi de Bretagne qui, par sa prouesse, nous enseigne à être preux et courtois. » Ainsi commence le cycle de Chrétien de Troyes. Pédagogique, il faisait référence. Mythographique, il symbolisait le point de rencontre des faisceaux de la vertu. Force, courage, pureté : comme on avait rêvé grand dans le Moyen Âge lumineux ! Fallait-il rigoler sarcastiquement à ces ambitions ? Qui étions-nous, nous autres du XXIᵉ siècle avec nos machines et notre mercantilisme stupide, pour nous permettre des sarcasmes à l'égard des chevaliers errants ?

Je ne soupçonnais pas, ce soir-là, que le monde entier pleurerait la reine. Ainsi donc, les peuples des nations, stupéfaits par la magnificence des funérailles d'Élisabeth, allaient-ils se rendre compte de la nécessité de la grandeur.

Bien des Français contemplant les fastes royaux et l'adhésion de tous à la splendeur d'un seul se diraient : « Qu'avons-nous fait ? »

Bien sûr, quelques ricaneurs ricanèrent. Le faste les agressait comme le soleil cloue le cloporte.

Quelques jours plus tard, sur le quai du canal d'Inverness, nous allions rencontrer des éclusiers parfaitement couperosés, portant, sur leur salopette maculée de cambouis, le portrait de la défunte reine.

Le principe monarchique élève au-dessus de lui-même celui à qui échoit la couronne. Le roi rassemble les hommes. Et les hommes sont heureux de confier à un autre qu'eux-mêmes le soin d'être plus grand que tous. Le roi n'est pas un être. C'est un principe.

Et qu'importe alors la médiocrité de celui qui a été couronné ! Le sacre constitue une opération d'alchimie. Chargé d'incarner les hautes qualités, le souverain devient supérieur à lui-même, se transmute.

Un et les autres : l'équation royale fonde-t-elle le vrai principe de l'égalité sociale ? C'est ce genre de choses auxquelles on pense à la barre d'un bateau dans la nuit des Shetland. Ruisselant d'eau de mer, les doigts gonflés, rincé de pluie et tuméfié par les chutes, on finit par développer la fibre monarchiste, on se sent des tendresses pour les souverains perdus.

Elle fut longue et noire, cette nuit du nord et du deuil. Les milles tombèrent. L'humidité s'infiltrait dans toutes les fibres de nos vies. Les pages de mon édition des romans de la Table ronde étaient imbibées. Les couchettes spongieuses. Le sel poissait les sacs de couchage. Même les rêves suintaient. À deux heures du matin, par dix nœuds, il fallut ramper sur le pont, lessivé de vagues, pour trancher au couteau une écoute de foc coincée dans l'étambot. Les paquets de mer éclataient dans le faisceau des lampes frontales. « Nous aussi, on prépare nos funérailles ? » gueulait Humann dans le tambour du vent. Et puis le soleil fit ce que font les rois : il revint. L'aube blanche se leva et nous jetâmes l'ancre dans la baie de Quendale, au sud de l'archipel des Shetland.

La tour

Tout le jour, grand vent sur les collines des Shetland et mer d'ivoire sur leurs récifs. Le bleu revint au-dessus des rafales. Benoît me débarqua et, à bicyclette, je roulai vers l'île de Saint-Ninian par amour des stacks qui montaient la garde devant le large occidental. De cette journée, je garde le souvenir d'un « opéra fabuleux » comme l'écrit Arthur Rimbaud en parlant de lui-même.

Mon opéra se composait du ciel qui tournait au-dessus de l'archipel effilé comme une épée et des rafales qui giflaient les oiseaux et des phoques endormis striant les plages au pied des schistes. Je vis le Broch de Mousa, forteresse ronde de pierres sèches, datant du premier siècle avant le Christ, cette tour au nom scots, que les Pictes avaient bâtie, les Celtes utilisée, les Vikings habitée, et qui faisait comme un chaudron posé dans les herbes sans qu'on sache rien de sa fonction.

Je me souviens des promeneurs sur la lande

qui portaient le deuil de leur reine en allée. Et du silence dans les rues et des pubs fermés et des drapeaux en berne et de la gravité de ce peuple si bien élevé. Et ce pauvre broch triste dans le couchant semblait en deuil lui aussi. Pour moi, il marquait le point final de la montée aux fées.

Quand je rentrai vers la baie de Quendale, le soleil passa sous les nuages et éclaboussa le monde de sa braise et ce fut très brut et d'une noble force cosmique. Parfois une phrase se rappelle à nous. Aragon soudain : « Le merveilleux est l'image clinique de la liberté humaine. » La liberté était celle de regarder le monde éperdument, empli d'un amour pour toute chose qui défilait. Charge à nous de faire de la vie une forêt de Brocéliande bruissant du souvenir de nos proches défunts, de nos amies évaporées, de nos âmes sœurs, de nos frères d'élection et de nos rois choisis, de nos mentors élus et de nos saints patrons. Et, dans les lacets qui me ramenèrent à la baie du voilier, je décidai que j'avais trouvé le Graal.

Ce qui se tenait là et pas ailleurs était le Graal.

On le trouvait quand on décidait que s'achevait la quête.

Ce qui s'offrait au regard devenait l'opéra fabuleux pour peu qu'on recourût à une petite manœuvre de la volonté. Il fallait vivre en spectateur et en vénérateur de ce qui se tramait. C'était à la fois la plus simple et la plus titanesque des conduites : adorer la présence.

Dans le carré, Humann, Benoît et moi buvions le thé. Le mien était prophylactique et triste. Le leur, coupé de rhum. C'était la dernière soirée de notre approche des fées. Il fallait redescendre vers le sud.

— Les gars, vous m'avez emmené où je voulais, sur le fil de mon rêve.

— As-tu trouvé ? dit Benoît.

— Je peux commencer à chercher.

— On rentre ? dit Humann qui ne perdait pas le nord.

On largua les amarres à quatre heures du matin. La Bretagne était à quinze jours de mer. Plein sud.

Ma quête du Graal ne consistait plus à le chercher mais à décider qu'il était atteint. Le Graal était la fin de la quête. Dans *Poésie et Vérité*, Goethe donne deux confirmations : « L'éternel poursuit sa course à travers *toute chose*. Avec ravissement attache-toi à l'Être. » Puis je découvris pendant le quart du matin quelques vers du *Second Faust*, alors que nous sortions de la nuit en traversant un champ d'éoliennes maritimes qui tournaient devant la côte d'Inverness pour signaler aux hommes que le Progrès brasserait toujours du vent.

Né pour voir
Le monde me plaît
Vous, mes yeux bienheureux
Quoi que vous ayez vu

Que cela soit comme cela veut
C'était pourtant bien beau.

Le Graal apparaissait donc, pour peu que l'on décidât la quête achevée. Alors, tout se révélait. Et le monde suffisait.

Mais pour peu qu'on décrétât qu'il y avait un Dieu, on émettait l'idée que Dieu était plus précieux que le monde, extérieur à lui, et qu'on pouvait donc blesser le monde sans s'en prendre directement à Dieu. Alors, zigouiller les bêtes, égorger les moutons, saloper les marais et cracher sur les combes blessaient la créature mais pas le créateur.

À moi, le monde suffisait.

Comme il était compliqué d'arriver à cette idée enfantine. Les éoliennes battaient l'aube. Le voilier passa entre les colonnes blanches. *Que cela soit comme cela veut.* J'avais vogué trois mois pour trouver ce vers. Pour moi, le Graal avait été le mouvement, il prenait à présent le nom de la présence.

VII

Le retour

La mort

À Inverness, Benoît déplia la carte sur la table du carré. « Au lieu de recoiffer le cap nord de l'Écosse, coupons par le canal calédonien. On traverse les Highlands d'est en ouest par les écluses, on s'expulse de l'autre côté. » Les Écossais, reliant les lacs naturels, avaient achevé le canal en vingt ans, au début du XIXe siècle. Le passage joignait la mer du Nord à la mer d'Écosse, en cent kilomètres. Programme élémentaire : d'une mer à l'autre, en bateau, par voie de terre. On écouta Benoît.

Pendant quatre jours, le bateau fila sous la ligne des arbres. Vision du mât débouchant des sapinières. Le long du canal, ingénieurs et mariniers avaient inventé une géographie nette, sérieuse, régie par le métronome des écluses.

Nous attendions des heures le remplissage des vannes, gagnions des auberges sages puis glissions entre les arbres. Des hérons s'écartaient. Tout était plat et doux. Passait un manoir où patrouillaient les cerfs.

Je suivais le voilier à bicyclette, sur les halages où des pentes de landes venaient mourir dans les lacs noirs. Les croupes granitiques rabotées par les glaciers portaient une ruine de château. Parfois le canal s'ouvrait sur un lac. La lumière se dilatait et la coque frémissait de retrouver une eau plus large.

Dans un bar, une vieille dame dit : « La reine ? Nous ne savions pas combien nous l'aimions. » On pouvait les trouver grotesques, ces badernes avec leur mièvrerie à la bergamote. La mort d'une reine était leur tristesse. L'absence d'un mythe était notre malheur tricolore, à nous qui avions tué le mystère.

Ils s'en relèveraient en sacrant Charles.

Nous, nous continuerions à nous haïr les uns les autres. Au nom de l'égalité, les Français s'étaient condamnés à ne pas connaître de vibration commune. Soulagés que rien ne nous soit supérieur, nous nous satisfaisions que tout nous soit semblable.

Le soir, au pub, la télévision diffusa les obsèques de la reine. Chacun pleurait dans sa bière. On vit Charles, laid mais grave. Le génie oriental naît de la fumée de la lampe. Le roi émane du peuple. Le profane se soumet au sacré. Le sacré soulève le profane. Alors, les sujets vénèrent ce qui les dépasse individuellement mais procède d'eux collectivement.

Les funérailles d'Élisabeth durèrent des heures. La France découvrit ces Anglais inclinés devant un roi qui s'inclinait devant Dieu. Ce fut la stupeur. Le Français ne s'incline jamais.

La vérité

Alors, arriva la fille rousse à peau de nacre. Physiquement elle sortait d'un tableau de Rossetti, peintre préraphaélite qui avait donné aux musées des filles tristes à cheveux de cuivre, yeux pâles et peau de nacre. Même ses gestes, lents et raides, fleuraient le médiéval. Elle descendait du bateau, se dépliant avec des déséquilibres de biche blessée. Si elle était passée par-dessus bord, elle aurait fait grande impression en Ophélie des lochs dérivant dans les lentilles d'eau.

Je l'avais invitée sur le pont. De Paris, elle rejoignit le bord à Inverness et le quitta au débouché du canal, à Fort William. Entre les deux, silencieux, suivant le fil endormi, nous fîmes halte dans des pensions de famille tenant de Miss Marple pour la moquette à fleurs et de *Psychose* pour les boiseries flippantes.

Nous nous aimions dans les lits à ressorts couverts d'édredons bariolés. « Chacun trouve sa joie avec l'autre », écrit Chrétien de Troyes pour peindre les gaudrioles des chevaliers avec les dames. Cet euphémisme du XIIe siècle seyait à nos matinées du canal. Mais systématiquement, alors que nous étions « en train d'échanger baisers et autres manifestations joyeuses » (Chrétien de Troyes, encore), les taulières des pensions anglaises entraient par hasard dans la chambre, et refermaient la porte violemment en poussant des « *Oh, my God !* » stridents.

Pendant quatre jours, écoutant la conversation de la fille rousse, étourdi de sa beauté lente, je précipitai au fond du loch toutes mes constructions d'écolier romantique sur le Graal faites de saisissement goethéen, de pureté chevaleresque et de féerie celtique. L'amour suffisait à donner son visage à la quête, son existence au Graal.

Le Graal est le mouvement, avais-je d'abord cru, perché sur les stacks. Le Graal est la présence, avais-je ensuite pensé, dans la nuit des Shetland. L'amour offrait les deux : mouvement vers la présence.

Il fallait être bien stupide pour longer les récifs pendant des mois en lisant des poèmes allemands. Quelques heures dans les draps écossais et ces bras merveilleux décrivaient le Graal. L'amour constituait le point de rencontre entre le désir archaïque et les aspirations de l'âme. On s'aimait, c'était le seul moment de cette vie humaine où tout aurait pu se détruire sans que l'on en eût conçu le moindre regret. Peu importait la fin du monde, pourvu qu'on s'endormît amoureux. Et c'est ainsi, dans les chambres surchauffées des auberges à pivoines, que le plafond devint un ciel étoilé au moment même où la lampe, avec son abat-jour à glands, tombait de la table de chevet et que la taulière frappait ses coups à la porte pour la troisième fois de la matinée.

La fille du Graal partit quand le canal s'épancha dans la mer Celtique. Elle rentrait. Le Sud la tenait. Le Graal était son calice. Le sang du Christ était l'amour. L'amour était la quête et l'objet de la quête.

Le retour

À nouveau seuls à bord, Benoît, Humann et moi prîmes le cap de l'île de Man, dernière des sept nations celtiques que je m'étais promis d'aborder, trois mois auparavant, dans les bivouacs de la Galice. Je retrouvai mes livres. Je pris mes quarts pensivement. Puisque le bateau était réglé, le cap ajusté et le foc sorti, je pouvais repasser les mois écoulés. Flottait à l'horizon, dans la vapeur d'écume, le visage de la fille. Je l'associais à ce que j'avais cherché et affublé du vague nom de fée.

Sur les quais de Peel, dans l'île de Man, des employés remplirent nos réservoirs d'eau potable. Ils avaient les gueules des héros miséreux des films de Ken Loach. Ils portaient des brassards de deuil.

Sur Man, le cimetière de l'église de Braddan donnait envie de mourir : des croix celtiques frappées de runes prenaient le frais sous les ombrages. Le Christ avait assagi les loups du Nord et mis en rang les guerriers gaéliques.

On leva l'ancre pour la dernière fois, on passa le stack du sud.

Roulant au 180°, on frôla le pays de Galles.

Il y eut des lumières de matin du monde sur les falaises sombres et des ciels étoilés qui couvraient nos torpeurs. On essuya un coup de vent en passant le cap des Cornouailles et on connut des heures de jouissance dans l'unisson de la mer et de nos cœurs. En pleine nuit sur la Manche, il fallut réparer l'enrouleur de foc sous une forte pluie. La matière de l'Ouest charriait ses visions comme le ciel ses nuées : des gloires de soleil posées en diadème sur les vagues, des nuages en forme de villes roses démolies par les orages, des plis de satin noir sur la mer, soudain grêlés d'averses qui déglinguaient les vagues.

Un soir, un trois-mâts suédois passa travers bâbord. Sur la coque, en lettres noires : « *Sailing for Jesus.* »

Moi, c'était pour les fées.

Elles existaient, puisque le soleil se lève chaque matin sur la mer.

Elles existaient quand on cheminait vers elles.

Elles existaient quand on travaillait à les faire apparaître.

Où seraient-elles ce soir ?

Les toits bleus de Saint-Malo apparurent.

Derrière le rempart attendait ma réponse.

DU MÊME AUTEUR

Aux Éditions Gallimard

UNE VIE À COUCHER DEHORS, 2009 (Folio n° 5142 repris en partie dans L'ÉTERNEL RETOUR, Folio 3 € n° 5424), Goncourt de la nouvelle 2009 et prix de la Nouvelle de l'Académie française 2009

DANS LES FORÊTS DE SIBÉRIE, 2011 (Folio n° 5586), prix Médicis essai 2011

S'ABANDONNER À VIVRE, 2014 (Folio n° 5948 repris en partie dans LE TÉLÉPHÉRIQUE ET AUTRES NOUVELLES, Folio 3 € n° 6181)

SUR LES CHEMINS NOIRS, 2016 (Folio n° 6597)

LA PANTHÈRE DES NEIGES, 2019 (Folio n° 6968), prix Renaudot 2019

QUE FERONS-NOUS DE CETTE ÉPREUVE ?, coll. « Tracts », 2020

BLANC, 2022 (Folio n° 7400)

Livres illustrés

HAUTE TENSION : DES CHASSEURS ALPINS EN AFGHANISTAN, avec les photographies de Thomas Goisque et les illustrations de Bertrand de Miollis, 2009 (Hors série Connaissance)

SIBÉRIE MA CHÉRIE, avec les photographies de Thomas Goisque et les illustrations de Bertrand de Miollis et d'Olivier Desvaux, 2012

BEREZINA, avec les photographies de Thomas Goisque, 2016

Dans la collection de livres audio « Écoutez lire »

DANS LES FORÊTS DE SIBÉRIE, lu par l'auteur, 2012

S'ABANDONNER À VIVRE, lu par l'auteur, 2014

SUR LES CHEMINS NOIRS, lu par Grégori Baquet, 2017

LA PANTHÈRE DES NEIGES, lu par Loïc Corbery de la Comédie-Française, 2020

BLANC, lu par Micha Lescot, 2023

AVEC LES FÉES, lu par Pierre Hancisse, 2024

Chez d'autres éditeurs

ON A ROULÉ SUR LA TERRE, avec Alexandre Poussin, *Éditions Robert Laffont*, 1996 (Pocket)

LA MARCHE DANS LE CIEL. 5 000 KM À PIED À TRAVERS L'HIMALAYA, avec Alexandre Poussin, *Éditions Robert Laffont*, 1998 (Pocket)

LA CHEVAUCHÉE DES STEPPES. 3 000 KM À CHEVAL À TRAVERS L'ASIE CENTRALE, avec Priscilla Telmon, *Éditions Robert Laffont*, 2001 (Pocket)

L'AXE DU LOUP. DE LA SIBÉRIE À L'INDE SUR LES PAS DES ÉVADÉS DU GOULAG, *Éditions Robert Laffont*, 2004 (Pocket)

PETIT TRAITÉ SUR L'IMMENSITÉ DU MONDE, *Éditions des Équateurs*, 2005 (Pocket)

ÉLOGE DE L'ÉNERGIE VAGABONDE, *Éditions des Équateurs*, 2007 (Pocket)

APHORISMES SOUS LA LUNE ET AUTRES PENSÉES SAUVAGES, *Éditions des Équateurs*, 2008 (Pocket)

VÉRIFICATION DE LA PORTE OPPOSÉE, *Éditions Phébus*, 2010 (Libretto n° 312)

APHORISMES DANS LES HERBES ET AUTRES PROPOS DE LA NUIT, *Éditions des Équateurs*, 2011 (Pocket)

GÉOGRAPHIE DE L'INSTANT, *Éditions des Équateurs*, 2012 (Pocket)

CIEL MON MOUJIK ! ET SI VOUS PARLIEZ RUSSE SANS LE SAVOIR ?, « Le goût des mots », *Seuil*, 2014 (Points)

BEREZINA, *Éditions Guérin*, 2015 (Folio n° 6105), prix des

Hussards et prix littéraire de l'Armée de Terre - Erwan Bergot 2015, élu « Meilleur récit de voyage 2015 » par le magazine *Lire*

UNE TRÈS LÉGÈRE OSCILLATION. JOURNAL 2014-2017, *Éditions des Équateurs*, 2017 (Pocket)

UN ÉTÉ AVEC HOMÈRE, *Éditions des Équateurs*, 2020

L'ÉNERGIE VAGABONDE, *Éditions Robert Laffont*, 2020

UN ÉTÉ AVEC RIMBAUD, *Éditions des Équateurs*, 2021

AVEC LES FÉES, *Éditions des Équateurs*, 2024 (Folio n° 7532)

NOTRE-DAME DE PARIS. Ô REINE DE DOULEUR, Ô REINE DE VICTOIRE, *Éditions des Équateurs*, 2024

LES PILIERS DE LA MER, *Éditions Albin Michel*, 2025

Livres illustrés

CARNETS DE STEPPES, avec Priscilla Telmon, *Éditions Glénat*, 2002

SOUS L'ÉTOILE DE LA LIBERTÉ, avec les photographies de Thomas Goisque, *Éditions Arthaud*, 2005 (J'ai lu)

L'OR NOIR DES STEPPES, avec les photographies de Thomas Goisque, *Éditions Arthaud*, 2007 (J'ai lu)

D'OMBRE ET DE POUSSIÈRE. LES SOLDATS FRANÇAIS EN AFGHANISTAN, avec les photographies de Thomas Goisque, *Albin Michel*, 2013

EN AVANT, CALME ET FOU. UNE ESTHÉTIQUE DE LA BÉCANE, avec les photographies de Thomas Goisque, *Albin Michel*, 2017

NOIR, *Albin Michel*, 2022

Tous les papiers utilisés pour les ouvrages
des collections Folio sont certifiés
et proviennent de forêts gérées durablement.

Composition Nord Compo
Impression Novoprint
à Barcelone, le 5 mai 2025
Dépôt légal : mai 2025

ISBN 978-2-07-307305-1 / Imprimé en Espagne

634976